亚克拉拉

Wildwitch 之 布拉维塔魔咒

[丹] 琳恩·卡波布 著

潘亚薇 译

朝华出版社
BLOSSOM PRESS

著作权合同登记号 01-2019-5134

Wildwitch: Bloodling
Copyright © 2012 by Lene Kaaberbøl
Published in agreement with Copenhagen Literary Agency,
through The Grayhawk Agency. Simplified Chinese
translation copyright © 2019 by Blossom Press.
All rights reserved.

图书在版编目（CIP）数据

　　女巫克拉拉之布拉维塔魔咒 /（丹）琳恩·卡波布著；
潘亚薇译. —北京：朝华出版社，2019.12
　　ISBN 978-7-5054-4533-8

　　I.①女… Ⅱ.①琳… ②潘… Ⅲ.①儿童小说－长
篇小说－丹麦－现代 Ⅳ.① I534.84

　　中国版本图书馆 CIP 数据核字（2019）第 187698 号

女巫克拉拉之布拉维塔魔咒

著　　者	[丹]琳恩·卡波布			
译　　者	潘亚薇			
选题策划	刘冰远　张　丽	封面设计	马尔克斯文创	
责任编辑	宋　爽　张　璇	插画绘制	徐瑞翔　王　香　等	
责任印制	张文东　陆竞赢	排版制作	中文天地	

出版发行	朝华出版社
社　　址	北京市西城区百万庄大街 24 号　　邮政编码　　100037
订购电话	（010）68996050　68996618
传　　真	（010）88415258（发行部）
联系版权	zhbq@cipg.org.cn
网　　址	http://zhcb.cipg.org.cn
印　　刷	环球东方（北京）印务有限公司
经　　销	全国新华书店
开　　本	880mm×1230mm　1/32　　　字　　数　　120 千字
印　　张	6
版　　次	2019 年 12 月第 1 版　2019 年 12 月第 1 次印刷
装　　别	平
书　　号	ISBN 978-7-5054-4533-8
定　　价	28.80 元

目 录
Contents

WILD WITCH

Chapter 1

第一章

克拉拉十三岁了

艾巫克拉拉之布拉维塔魔咒

她已经等了四百多年了。四百多年来，她一直凝视着这块巨大的透明的岩石。它困住了她的身体、她的思想四个世纪之久。她的敌人认为这是她的坟墓，但她仍然活着。即使在这里，也有生命存在——时不时地，会有生命不经意地到来，她会毫不留情地将它们吞噬，仁慈和怜悯很久以前就被她抛弃了，愤怒使她活了下来。

她还有感觉，她能分辨出外面发生了什么事，她的荒野感知尖叫着，痛苦折磨着她。

他们怎么敢这样——这些贪得无厌的小人拥有了他们的道路、他们的房子……他们的一切。现在他们把这些叫作什么？电线、电缆、下水道、桥梁、高速公路、铁路……他们在荒野中刻下深深的、流血的伤口，他们切断了那脆弱的荒野之路的脉络，他们摧毁自然，杀害生灵。他们的道路上满是死去的动物，到处散发着死亡的气息。森林和湿地消失了。那些荒野巫师生活过、呼吸过、统治了几千年的地方，如今变得如此贫瘠和寂静，现在所能听到的，只有他们那些邪恶机器的叮当撞击声。钢铁，钢铁，钢铁无处不在。很快，一切就将结束——很快，就连最强大的荒野巫师也无法修补这被切断的纽带。

但现在，如果她能逃走的话，也许还能挽救。

怒火并不是她内心唯一燃烧的东西，她感觉到……不，"无奈"这个词太苍白无力了。这种感觉无法描述，每一分每一秒都在燃烧，每一分每一秒都在向着目标挺进。现在是时候了，一天都不能浪费。不再犹豫，不再错付同情，不再关心任何人任何事，只关心她的重要目标：打破愚蠢和贪婪的束缚，粉碎他们的死亡之网，解放荒野世界。

这需要付出一切——她拥有的一切，她还有最后一丝力量，那可能是靠威胁、骚扰或讨价还价哄骗到手的。她努力地盘点着自己的优势，对自己的弱点感到绝望。岩石的重量、植物缓慢释放的绿色能量、空气的温度和力量、水的软能量、地球的温暖和深层生命力……这一切即使结合在一起也不够，她需要血液。没有什么能赢得这场几乎注定失败的战斗，别的什么都不重要——最不重要的是……当她想到这一点时，她内心的愤怒更加强烈了。最不重

艾巫克拉拉之
布拉维塔魔咒

要的就是，一个愚蠢的十三岁女孩儿漫无目的的生活。

鲜血会打开她的囚牢，将确保她的胜利。

然后事情就会这样发生：一滴血落下来，另一滴，然后是第三滴，第四滴……

"还要！"她无声地尖叫着，"再给我一滴！"

她仿佛能看到那血滴在空中徘徊时的颤动——仿佛是在对抗地心引力，拒绝坠落。但它确实落了下来，继续落下……落下……

"对……是的……哦……就这样……"

她默默地欢呼着胜利。她的嘴唇依然冰凉，她仍然像一千年前被树脂捕获的昆虫一样被困在那块透明的岩石中。但这不会太久了。她使出全身的力气，唤起了她所有的荒野天性。现在，现在，现在！

裂缝出现了，并蔓延到表面。在狂轰滥炸一般的怒吼声中，她挺直了那蜷曲了四百年之久的身体，把她的囚牢打得粉碎。岩石再次熔化沸腾，它们爆炸了。炽热的熔岩滴在洞穴的内壁上，发出嗞嗞声。

那些贪得无厌的小人当然不知道接下来会发生什么。他们可能从来没有听说过布拉维塔魔咒，但他们马上就会知道……

我猛地坐起来，一头撞在了床头灯上。我的心怦怦直跳，就像一个赛场上落后的跨栏运动员。我发疯似的四处张望，仿佛布拉维塔会在我的床边俯下身子，伸出爪子，而她灼热的眼睛里充满了骇人的欲望。她当然没有出现。屋子里静悄悄的，一片漆黑，只有一束月光从小小的圆形窗户射进来。我最好的朋友奥斯卡躺在床边的床垫上，睡得很香，我仿佛看到他头顶上出现卡通字母"ZZZZZ"。他可没有做噩梦，这是肯定的。

放松，我告诉自己，一切都好……

然而，我花了很长时间才停止喘息，甚至过了很久，我才摆脱那种心脏试图跳出身体的感觉。我之前的一些梦境与现实，已经有太多的共同之处，只是还没有出现过四百岁的荒野女巫埋伏在破旧的鸟类书籍和需要修复的旧蜂巢箱后面的情境，但这并不意味着——至少我心里并不这么认为——我已经脱离危险。

虽然我的梦中确实有一些现实元素，但大多数梦境都是虚幻和荒谬的，而且这位布拉维塔并没有试图夺走我的生命，我安慰自己，她要找的是一个可怜的十三岁女孩儿，而我只有……

我的思绪戛然而止，我看着床头柜上那只滴答滴答的老式闹钟。

那两根明亮的绿色指针几乎是笔直地指向上方。现在是三月的最后一天，子夜零点过五分。

今天，我十三岁了。

Chapter 2
第二章
黑暗中的叫喊

我再也睡不着了。每次要入睡的时候，我的心脏就会重新开始"跨栏"，而我的任何努力都无法奏效。

停下，这只是一个梦，我告诉自己。

怦怦跳，怦怦跳。

她不在这里，她从没来过这里。已经有四百年没人见过她了，很难想象她会回来毁了我的十三岁生日……这愚蠢的心脏。

最后，我起来了。我没有开灯，没有必要打扰奥斯卡。我小心翼翼地跨过那床盖在他身上的羽绒被——有三四根不太干净的脚趾从被子下面伸出来。今天晚上做噩梦是很荒谬的，因为一切都进行得很顺利——我们在爱莎姨妈家，有奥斯卡、我、我妈妈和我爸爸，这本身就是一个奇迹。明天，卡赫拉和她的爸爸以及波莫雷恩斯夫人会一起来。波莫雷恩斯夫人是爱莎姨妈的邻居，也是一位荒野女巫，她在几周前帮了我很多忙，当时情况非常糟糕。珊妮娅已经派她新的荒野伙伴——红隼基蒂送来了消息，她会来拜访。还有什么也不是和我们在一起。小狸去参加一次冒险活动，但答应吃早饭的时候回来。汤普在楼下的篮子里睡得正熟，卖力地打着呼噜。能够按照自己想要的方式过生日，和所有我喜欢的人和动物在一起，这多么令人兴奋。所以这真的很荒谬——荒谬！竟然为一个愚蠢的梦而惴惴不安。

我穿上一双粗糙的旧羊毛袜当拖鞋，每次在爱莎姨妈家我都这样。爱莎姨妈在每只袜子底都缝了一个毡鞋底，当我的脚碰到冰凉的地板时，也不会觉得冷。我穿着一件大号 T 恤，光着腿，穿着羊毛袜，静静地走下楼梯，走进厨房。我能从餐桌上方的时钟看到时间，现在是凌晨差一刻四点。

我打开橱柜，爱莎姨妈的草药茶放在这里。我们喝草药茶主要是因为味道好，但它们还有一些独特的功效，其中一两种甚至可以平复慌乱的心跳。要了解所有草药的药效，我还有很长的路要走，但我还是学到了一点儿。要是我能找到……我研究着罐子上整洁的标签，最后发现了要找的两个——洋甘菊和缬草。

我打开炉子，把水壶挂上。爱莎姨妈常在客厅里用木柴点燃炉火，但我希望有一个可以按下的按钮，按一下就能点燃炉火。

火焰舔着水壶底，发出蓝色和橙色的光，没过多久水壶中就开始发出隆隆的响声。我从窗边的钩子上取了一个杯子，就在这时，就在我转身走向炉子的时候，我发现有东西在动。

透过外面的黑暗，可以瞥见一双发光的眼睛和竖直的猫眼瞳孔。

"小狸？"我轻声说。

但那不是小狸，我一呼唤它的名字就知道了。我能听见外面低沉的叫声，就像两只野猫互相打量时发出的那种声音，只是不知怎的声音更大了。

我一动不动地听着。现在水已经沸腾了，但是洋甘菊茶只能等会儿再说了。

那里是有一只野猫需要帮助吗？

我试着透过窗户看向外面，但只能看到自己的倒影。刚刚瞥见的金色眼睛不见了，但猫叫声还在继续。不管那是什么动物，它还在那儿。

如果打开窗户，我就能看得更清楚，也听得更清楚了。窗户打开，一阵夜风吹进来，我斜靠在厨房的桌子上，试图看清黑暗中的东西。

就在这时，一个黑影从窗外朝我扑来，它的喙是黄色的，腿是浅棕色的，爪子是灰色的。我只能赶紧抬起胳膊，这样它就可以落在上面了。

"图图！"

爱莎姨妈的荒野伙伴歪着脑袋打量着我。我不确定它是否喜欢我，它以前从来没有这样接近过我，除了几次爱莎姨妈要我抱着它，它允许了。它很高大，不是一只普通的猫头鹰，而是一只大角猫头鹰。这意味着它既稀有又理应受到保护，但我想它并没有意识到这一点。尽管我并不怎么害怕它，但我仍然对它的爪子、喙和拍打的翅膀敬而远之。它身上有雨的味道，还有湿漉漉的羽毛的味道和一些腥味儿，现在抓着我手腕的利爪可能刚刚夺去了一只可怜的老鼠的生命。但它小心翼翼地转过身去，不让爪子刺伤我的皮肤，它只是朝黑暗处低鸣着。

外面的猫叫声停了下来。我听到苹果树后面的灌木丛里有沙沙的声音，然后是一片寂静。总之，就我在爱莎姨妈家经历过的事来说，这没什么好奇怪的。

只除了一件事。

我明白了一切。我已经能感觉到那只猫的不耐烦，它的叫声像钉子划过黑板一样在我的脑海里尖啸。我还听到了图图的警告，就像有人通过音响系统大声喊叫一样："走开，猫。你来得太早了，现在不是时候。"

"克拉拉，是你让图图进来了吗？"

我小心地转身，以免图图失去平衡。

"看起来是那样的……"

爱莎姨妈站在门口，穿着她的旧晨衣，那曾经是红色的，但现在是一种褪了色的粉红。

"它可能有点儿迷糊，"爱莎姨妈说，"我通常让卧室的窗户开着，但是……"

但今晚这可不是个好主意。我妈妈和爸爸睡在爱莎姨妈的卧室里，而爱莎姨妈睡在客厅的沙发上。

"你妈妈可能不会喜欢被一只湿漉漉的猫头鹰吵醒。"

图图摇着翅膀，向我们喷洒着雨珠。我忍不住笑了。

"确实，我想她肯定不会喜欢的。"

"你怎么了，克拉拉？睡不着吗？"

我摇了摇头："我做了一个奇怪的梦，我想你会说是一场噩梦。"

爱莎姨妈抬起眉毛："关于动物的？"

"不，不，我不认为是关于动物的。你为什么这样问？"

"因为明天你就十三岁了。"她说，"或者更确切地说……今天晚些时候。"她犹豫了一下，似乎找不到合适的说法，"有时这会带来关于动物的特殊体验或者梦境。可是你的梦里没有动物吗？"

"没有。我想是关于……哦，我不知道。"

就在我们聊天的时候，那梦境已经悄然消逝，连细节都消失了……我不是故意隐瞒什么，现在我真的什么都记不太清楚了。我的心脏已经平静下来，恢复了正常的跳动，我打了个呵欠。

"看起来你好像不再需要这些了。"爱莎姨妈指着洋甘菊和缬草说。

"是的，"我说，"我想我还是回去睡觉吧。"

我抬起手臂，图图小心地起飞，飞到它的老地方，也就是爱莎姨妈的肩膀。

"嗯，晚安。"爱莎姨妈淡淡一笑，扭头看了看时钟，"严格来说，现在已经是你的生日了，但我会等到你下次醒来时再祝你生日快乐。"

生日，为什么这个词让我担心而不是开心？图图用它橙黄色的眼睛看着我，然后用喙蹭了蹭胸前的羽毛。

"现在不是时候。"

这是什么意思？图图到底有没有像小狸对我说话一

样清晰而大声地说过这句话？还是因为我太累了，没睡足觉，才臆想出了这一切？

我把茶叶罐放回橱柜里，回到我的房间，小心翼翼地走到奥斯卡面前，他还沉浸在睡梦中。我蹑手蹑脚地爬上床，滑到温暖的羽绒被下面。几分钟后，我就睡熟了。

第二章　黑暗中的叫喊

WILD WITCH

Chapter 3

第三章

你很高兴见到的人

"你对动物真有一套，爱莎。你一定是个马语者。"爸爸说，"或者更确切地说，是一只猫头鹰的耳语者。如果我没弄错的话，那是一只大角猫头鹰，对吗？"

"嗯，是的。"爱莎姨妈喃喃着，内疚地看着我妈妈，"我要带它去马厩，让它睡一会儿。"

妈妈的嘴唇微微抿紧，但什么也没说。爱莎姨妈尽可能表现得像一个普通女人，只是恰巧懂得"与动物交流的方式"。我看得出来，她已经完全忘记了肩膀上有只猫头鹰——毕竟，她已经习惯了。小狸伸了伸懒腰，用头蹭着我的腿，我明显地感觉到它在笑我们。

爸爸不知道爱莎姨妈是个荒野女巫，更不知道我也是……嗯……想成为荒野女巫。在生日之前，我们已经约定好，我们不会谈论这个。

看，我一直很狡猾。

我非常想和爱莎姨妈一起过我的生日，这样所有的荒野世界的朋友都可以来。但如果我直接问妈妈的话，她肯定会反对。

相反，每次去看爸爸的时候，我都会跟他提起爱莎姨妈。我谈到了她在树林深处的小屋，谈到了草地、小溪、动物，谈到了星辰、山羊、汤普，凡此种种。关于卡赫拉，我只说是自己在外面认识的，没说她是爱莎姨妈的荒野女巫学徒。还有波莫雷恩斯夫人，我只说她住在附近，并没有提到她是和爱莎姨妈一样成熟的荒野女巫。

妈妈和爸爸已经离婚很多年了，但他们仍然是好朋友，有时我们会一起做一些事情，比如吃饭或看电影。现在爸爸有了一份新工作，新住处离妈妈家只有十五分钟的车程。他们相处得这么好真是太棒了。实际上，他们现在经常见面，我知道爸爸早晚会跟妈妈谈论爱莎姨妈，这只是一个时间问题。

"克拉拉似乎真的很喜欢她。"一个星期天的晚上，他送我回来吃晚饭时说，"我们何不请她来吃顿饭呢？"

"哦，她住得很远。"妈妈说，"她很难离开那些动物。"

我猜这就是所谓的善意的谎言。的确，开车去爱莎姨妈家要几个小时，但爱莎姨妈可以通过荒野之路来我们的公寓，那不过就是一眨眼的工夫罢了。当然，爱莎姨妈只在她认为必要的时候才会走荒野之路，因为即使对像她这样有经验的荒野女巫来说，走荒野之路也不是毫无风险的。

"那么，我们为什么不去找她呢？"爸爸说，"我很想见见她，毕竟她对克拉拉很重要。"

是的！这正是我所希望的。有那么一会儿，妈妈看上去好像嘴里塞了一只活青蛙，然后她笑了。

"是的，我们何不哪天一起去呢？"她说，"等我们都有空的时候。"

其实妈妈的想法是："忘记它，这永远不会发生。"但我假装不明白。

"太棒了！"我说，"我超级期待，我生日那天怎么样？我本想要爱莎姨妈来我们家，但就像你说的，她很难离开那些动物，所以如果我们到她那里去的话……"

妈妈隔着餐桌看了我一眼，那是个"我知道你到底想干什么"的眼神。"我们不能不请自来。"她说。

"但爱莎姨妈说她很乐意我在她家办生日聚会。"我说。

"她这么说的吗？"爸爸说，"她真好。"

妈妈又露出了仿佛嘴里有只青蛙的表情。

"我不认为这是个好主意。"她说。

"米拉……"爸爸把手放在妈妈的手上，她手里拿着一把叉子，爸爸看起来像是想防止妈妈刺伤别人一样，但我觉得他是好意，"克拉拉不再是小孩子了，也许该是她自己决定如何庆祝生日的时候了。"

是的，是的，是的！爸爸，我爱你！我心里高兴得恨不得手舞足蹈，但我非常小心，不让自己看上去得意忘形。

"不会是个很大很奢华的聚会，"我看着妈妈说，希望她能明白我的意思，"只是一个友好而安静、完全正常的……"

"在爱莎家？"妈妈听起来并不相信，"我可不确定那能正常到哪里去。"

"并不是所有事情都必须非常传统。"爸爸说，"我很期待见到你姐姐。想想看，真奇怪，我们以前从没见过面。"

"自从我们长大后，爱莎和我就没见过面了。"妈妈说着，深深地叹了一口气。我知道她已经让步了，我赢了！然而，条件非常明确：不能有任何离奇的事情发生，爸爸必须永远不能知道真实的爱莎姨妈是多么与众不同。这就意味着什么也不是必须搬到马厩去，并承诺当爸爸在那里的时候远离我们的视线。这真的很悲哀，因为什么也不是很喜欢聚会、礼物和蛋糕，但没人能相信它身上有任何正常的东西。

随着心中涌起一阵内疚，我站了起来。

"我带图图去马厩吧。"我提议。

"谢谢你。"爱莎姨妈说，"你为什么不带几个司康饼给……呃，给星辰和山羊吃呢。"

我点了点头，从盘子里拿了两个刚烤好的、抹了奶油的烤饼——这不是给星辰吃的，虽然星辰是一匹可爱的小马，这其实是给什么也不是带的。爱莎姨妈把图图放到我的肩膀上，爸爸饶有兴趣地看着我们。

"我知道克拉拉为什么喜欢来这里了，"他说，"我想不出还有什么地方能让她和一只大角猫头鹰做朋友，她一

艾巫克拉拉之布拉维塔魔咒

直很喜欢动物。是不是，小宝贝？"

"是的，我真的很喜欢动物。"

"再来点儿咖啡？"妈妈问，"你不会去那儿太久的，是不是，克拉拉小宝贝？我们还想为你唱生日歌呢。"

什么也不是坐在一捆干草上，抽着鼻子。可能是因为这里有点儿灰尘，让它过敏，也可能因为它很伤心。

事实证明，它真的很伤心。

"我给你带了些烤饼。"我说，我想让它高兴起来。

它没有回答。

"来嘛，"我哄着它，"刚出炉的，趁热吃嘛。"

它转过头来，用湿润的眼睛看着我。它的眼睑又厚又肿，泪水顺着脸颊和胸部灰色的羽毛往下流。它打了个喷嚏。

"生日快乐。"它用低落的声音说。

"谢谢你！"我努力装出一切都很好的样子。毕竟，它只能待在这里。如果爸爸看见了它……不，我根本不敢想。

我把盘子放在它旁边。

"我得回房子里去了，"我说，"他们在等我。"

"是的，"什么也不是说，"我想是的，你所有的朋友。"它的鼻子几乎被堵住了——当它说"朋友"时，听起来像是"盆友"。

"他们还没到齐。"

"没有吗？但他们肯定会出现——所有你喜欢的人。"

我不由得感到一阵恼怒，虽然我也为它感到难过。

"听着，"我说，"我真的很抱歉你不能去，真的很抱歉。"

它又抽了抽鼻子，一声又一声地抽噎着。直到我快走到马厩门口，它才说出那些一直在想的话。

"你曾经告诉我，朋友是你很高兴见到的人，"它吸吸鼻子，"可现在谁也不能见我，那是否意味着我不再是你的朋友了？"

"别这样，你当然是我的朋友！"

它又打了个喷嚏，翅膀上的一片灰色的小羽毛飘到了马厩的地面上。

"感觉不像……"它说。

第三章　你很高兴见到的人

WILD WITCH

Chapter 4

第四章

斯塔丰手机

波莫雷恩斯夫人下午三点准时抵达，并热情地问候了我爸爸。水从她的花雨衣上滴下来，她戴着一顶透明的塑料兜帽，这样的兜帽通常只能在上年纪的女士身上看到。她有一种既善良又神秘的气质，就像童话中灰姑娘的仙女教母。

"克拉拉，生日快乐！"她吻了吻我的脸颊，给了我一份礼物，是一本关于草药的小书。

"是送礼物的时候了吗？"奥斯卡问。

"看来我们可以开始了。"爱莎姨妈说。

奥斯卡的礼物并不是很大，但从他的庄重的神情上可以看出，它很特别。我拆掉包装纸，猜测里面是什么。"我能打开它吗？"

"当然，"他说，"所以我才把它包起来嘛。"

这是一把可以折叠的小刀，合上时有食指那么长，展开时是食指的两倍长。刀柄是珍珠白色的，有三个闪亮的螺柱，刀刃很细，很锋利。这是一把旧刀，曾经属于奥斯卡的祖父。这把刀是我们多年前用过的，当时我和奥斯卡把血液混在一起，盟了个誓。

"奥斯卡，但这是你的刀。"我不明白他为什么要把它送人。

"我知道，但是我妈妈说我不能再留着它了。实际上这并不违法，但她说……我傻到把它带到学校给亚历克斯看，汉娜老师发现了它，大发脾气，神经质地叫了我妈妈……"

奥斯卡的妈妈很严厉，她是一名律师。一个十二岁的男孩儿，还带着把小刀，可能确实会给人比较糟糕的感觉。

"然后我想，最好送给你。"

我仔细考虑了一下。"谢谢，"我说，"我真的很喜欢。但我只是借用。如果有一天你想要回去，说一声就行。"

然后妈妈和爸爸把他们的礼物放在桌子上。

"生日快乐，克拉拉小宝贝！"

在触摸它之前，看到包装盒我就知道里面是什么了。我和奥斯卡一起去过商店很多次，只是为了欣赏这个神奇的小玩意儿，当时我还抱着对礼物不切实际的梦想。或者说，就像当时售货员怀疑地看着我们，问奥斯卡"你想买点儿什么"时，他随便说的那样，"哦，我们只是随便逛逛"。

因为它太贵了——新的斯塔丰3手机。没有它做不到的事情。它拥有全球定位系统、超大的游戏容量，售价中包括了音乐订阅，还有超大内存，运行速度超快。而且，多亏了它自己的全球卫星网络，它在任何地方都有信号。斯塔丰的广告展示了登山运动员、极地探险者和环游世界的人们在地球最偏僻的地方打电话回家，分享他们的经历的场景。它的服务范围覆盖全球，"地图上不再有盲区"就是斯塔丰的广告语。

斯塔丰3只有一个小小的缺点——特别贵。虽然我非常想要一个，但是从来没有奢望过真的能得到它。

桌子对面传来一声尖叫，奥斯卡瞪大了眼睛正盯着我的礼物，他也认出了那包装盒。

"哇……"他低声惊叹，显然他不得不克制自己，以免伸手去拆掉包装。

"妈妈！"我一边嚷着，一边拆开包装。

"是你的了，你得到它了！"妈妈笑了，"是的，亲爱的，生日快乐。"

爱莎姨妈把一锅热气腾腾的巧克力生日火锅放在桌子上。

"你的礼物是什么？"她问。

"斯塔丰3!"

"一部手机？真不错。"

很明显，爱莎姨妈没明白，刚刚发生了一个奇迹。一部手机……好吧，也可以这么叫它，就像也可以说法拉利就是"一辆车"而已。

我抓住这个神奇的小玩意儿，闻了闻新塑料和电子电路的刺鼻气味。我的，属于我自己的，斯塔丰。它不是斯塔丰1或2，这是实打实的斯塔丰3。

小狸跳到桌子上，桌子在它身子下面晃了晃。它的分量可不轻，体型有拉布拉多犬那么大。它先是狐疑地嗅了嗅盒子，然后是手机，然后用一只沉重的爪子拍了拍我的手。似乎带着点儿嫉妒，它又拍了我一下，这次是用上了一点儿指甲。

"小狸！"

"你为什么还需要这个？"它说，"你都有我了。"

我想这两者是无法比较的。小狸是小狸，我的荒野伙伴，它几乎是我生命的一部分。我相信我能明白它的一些想法，而它完全可以读懂我的想法。在荒野之路上，它引导我，照顾我，它教给我的荒野世界的知识不比爱莎姨妈教的少。它没有理由嫉妒手机，哪怕是斯塔丰3。

我被狂喜冲昏头脑之后，又逐渐恢复了正常。

"妈妈，请千万不要认为我不喜欢它，但是……我们买得起吗？"

妈妈捋了捋我的头发。"这是我和你爸爸共同送的礼物，它确实超出预算不少。"她承认，"不过，你已经十三岁，而且……嗯，这样我们至少可以保持联系，即使是你在这里的时候。"

我恍然大悟，这可不仅仅是在学校里被同学羡慕的小玩意儿。

"我真的很喜欢，"我低声说，"我保证随时给你打电话。"

正当我还在欣赏新手机时，有人敲门了，卡赫拉和她爸爸站在门外。

"对不起，我们迟到了。"

卡赫拉站在米拉肯达大师身后，小心翼翼地微笑，好像在刻意提醒自己要礼貌得体。像往常一样，她裹着好几层五颜六色的冬装。我知道，尽管炉火噼啪作响，我们大家围坐在一起，热得两颊通红，她也至少会穿一件外套。她从未真正习惯爱莎姨妈家，用她的话说，这里有着"该死的寒冷"。

"没关系。"我说，"珊妮娅还没到，我想你没有在路上见到她吧？"

"没有。"卡赫拉说，"生日快乐！"

"真奇怪，她还没来？"爱莎姨妈说，"可是她让基蒂送了个信儿，说她会到。"

"基蒂？"爸爸说，"克拉拉，那是你的另一个朋友吗？"

"嗯……也可以这么说。"它其实是珊妮娅的一只红隼，尽管爸爸以前见过它一次，但没必要告诉他。慢慢地，我有点儿因为这些不能说出口的话卡壳了。

卡赫拉送给我一本书，爱莎姨妈送给我一张她亲手绘制的小狸画像。她因绘制野生动物图画而出名，这就是她赚钱的方式。但是珊妮娅仍然不见踪影。最后，奥斯卡、卡赫拉和我出去"检查动物"——我们其实是去看什么也不是，并给它带一些生日蛋糕。

"奥斯卡，小心！"
卡赫拉大叫，我转过身去看奥斯卡在做什么。
他正在向马厩的屋顶走去。他一定是跳到马厩尽头的石头墙上去了，现在他正沿着凹凸不平的石头往上朝屋顶爬去。他把手指伸进石头裂缝里，把脚放在石头突出的地方，这样他看起来就像一个蜘蛛侠了。

"别担心，"他气喘吁吁地说，"一切尽在掌握。毕竟，我是学校攀岩冠军……"

他确实是。他在体育馆后面的攀岩墙上的表现是学校里最优秀的。但那堵墙是专门为攀登而建的，有安全绳和挽具。

"下来，"我说，"在你摔断脖子之前。"

他只是对我咧嘴一笑，然后不管不顾地继续爬。

"男孩子……"我咕哝着说。

"他还不错。"卡赫拉说着，眼睛盯着奥斯卡灵巧而柔韧的身体。

"你知道他只是为了炫耀，是吧？"

"哦，是的。"她回答，仍旧目不转睛地看着奥斯卡。就在那一刻，我意识到奥斯卡最感兴趣的是在卡赫拉面前逞能，而她也根本不介意。

我看了看奥斯卡，又看了看卡赫拉，孩子气地想哭喊"今天是我的生日！"，但好像并不是每件事都和我有关，这有点儿不公平。当我看到我最好的男性朋友试图给我最好的女性朋友留下好印象时，心里有一种很奇怪的感觉。

奥斯卡现在在高处了，高得他如果掉下去，会伤得很重。但是他没有，他伸出右手抓住屋脊，几秒钟后，跨上了屋顶，伸出双臂。

"我是宇宙的主宰！"他喊，"跪下，小民们！跪下，否则你们会感受到我的雷霆之威！"

我忍不住笑了。要想找到比奥斯卡那张雀斑脸更让人大饱眼福的东西，可得花上不少时间。即使是现在，当他试图让自己显得充满霸气、威风凛凛的时候，他看起来仍然很好笑。他其实是在开玩笑。

然而，我突然发现，卡赫拉看起来非常严肃，不只是严肃，几乎是害怕。她双手紧捂着嘴巴，似乎有点儿驼背，好像在等着有人打她似的。

"他只是在胡闹，"我小声说，"他不是认真的。"

"我知道，"她说，"你觉得我傻还是怎么的？"

现在轮到我后退一步了。她的表情和我第一次见到她的时候一样阴郁而愤怒。那时候，她总是瞧不起我，因为我的荒野女巫能力不怎么样。那时候，她又生气又嫉妒，因为爱莎姨妈选择花时间教我如何成为一个女巫，而不是把所有的时间都花在明星学生卡赫拉身上。

"这是怎么了？"我问，"你为什么这么生气？"

但她只是摇摇头。"我不是生气，"她说，"你根本就不明白。"

她可能是对的。我当然不明白她为什么这样，而且还是在我生日这天。

我把蛋糕盘子放在石头墙上。突然间，我不想看到什么也不是那张满是悲伤和责备的脸，更不想站在这里与卡赫拉争论。

"你要去哪里？"奥斯卡在屋顶上喊。

"回屋里去。"

"等等……为什么？"

"没有理由。为什么我总是要有理由？你们两个可以自由自在地玩儿了。"

当我说到玩儿的时候，大概让卡赫拉感觉很幼稚。这使我听起来好像只有五岁，而不是十三岁的大孩子。

"奥斯卡和卡赫拉不来吗？"妈妈问。

"他们一会儿就回来。"我说，努力装出一副漫不经心的样子。

从某种程度上说，他们确实一会儿就回来了。五分钟后，奥斯卡脸色苍白地冲了进来。

"卡赫拉被咬了！"他说。

"被什么咬了？"爱莎姨妈问。

"她觉得是水蛭！"

WILD WITCH

Chapter 5

第五章

马尔金先生的礼物

卡赫拉坐在石头墙上，看起来不怎么好。通常她的皮肤是蜂蜜色的，但现在她的脸色比尸体还要苍白。

"我刚才一点儿都没有感觉到。"她说。

她拉起裤腿，小腿上有五个圆形的红色痕迹，每个痕迹中间都有一个看起来像字母 Y 的黑色东西。

"这看起来像是水蛭咬的，"爱莎姨妈说，"但是你肯定不可能把它带到这儿来。"

"你这儿没有水蛭吗？"卡赫拉说。

"有，但很少会咬人，而且陆地上没有。你刚才也没有在小溪里蹚来蹚去，不是吗？"

卡赫拉摇摇头，看上去像要呕吐似的。我为她感到难过，也为我们的争吵感到难过。我现在觉得自己很蠢，我无法向别人解释为什么我们会为几句蠢话吵架，卡赫拉多半也无法解释。其实，卡赫拉有很多事情都没告诉过我，比如关于她的妈妈。她妈妈消失了，这就是我所知道的，而且似乎没有人知道更多，也没有人真正谈论过这件事。这意味着，卡赫拉一直隐瞒着什么。不知为什么，每当我偶尔碰到她内心那些隐藏的东西，卡赫拉的眼睛就会变得又黑又冷，好像她无法控制自己一样。

那双眼睛现在既不黑暗也不寒冷，只是害怕。

"这很危险吗？"我问爱莎姨妈。

"不太正常，"她把手放在卡赫拉的额头，"确实有点儿发热，"她继续说，"让我吟唱一首荒野之歌，我是说，让我唱……"

爸爸妈妈都在看着，卡赫拉赶紧出言为爱莎姨妈解围。

"我爸爸可以照顾我，"她说，"我现在想回家。"

米拉肯达大师点了点头。

"我们家里确实有不少水蛭，"他说，"它们时不时地会咬人。但只要彻底清洁伤口，再休息一下，就没关系了。来吧，小公主，我们马上就到家了，我保证。你的脚能走吗？"

卡赫拉说可以。

"再见，"我说，然后迅速拥抱了她一下，让她知道我不再生气了，"谢谢你的光临。"

"谢谢你的邀请。"她说。眼里的黑暗和愤怒都消失了，仿佛它们根本就不曾出现过。

我们还没有回到客厅，汤普就跳起来开始吠叫。不是它那又响亮又吓人的"走开"或"我要告诉妈妈"的叫声——那是它确信我们即将被坏人侵袭时用的，取而代之的是三声欢快的叫声和没完没了地摇尾巴—— 一位朋友来了。

"可能是珊妮娅，"爱莎姨妈说，"迟到总比不来好！"

她走过去开门，汤普高兴得连蹦带跳，试图挤到她前面先跑出去。

但来的不是珊妮娅。

"马尔金！"

"你好，爱莎。"

"真没想到……"

"一个惊喜吗？今天晚上年轻的克拉拉小姐已经十三岁了吧？"

"是的，但是……你为什么不进来呢？克拉拉的父母在这里，她的朋友奥斯卡也在这里。"

"太好了。"马尔金说。

"那是谁？"奥斯卡隔着咖啡桌自以为低声地问，那声音大得马尔金先生在大厅的过道里就能听到。

"马尔金先生在……的时候帮助了我，"我疯狂地寻找除了"当我通过乌鸦之母的荒野女巫审判"之外的其他解释，"呃，我生病的时候。"我无力地说。马尔金先生属于爱莎姨妈的荒野巫师朋友圈，其中还有波莫雷恩斯夫人、珊妮娅、米拉肯达大师。他们互相帮助，处理那些单独一个荒野巫师应付不了的困难。他们每年聚会四次，一起庆祝荒野巫师的节日：五朔节、收获节、夏末节和圣诞节。

马尔金先生走进客厅，我看到爸爸、妈妈和奥斯卡都盯着他，不，不只是这样——更确切地说，他们是目瞪口呆。马尔金先生个子高高的，有着灰白的头发，穿着破旧的灯笼裤、网纹高尔夫袜子、丝绸背心和灰色斜纹软呢夹克，一只胆子小得要命的小老鼠在他的背心口袋里抽动着粉红色的鼻子。这让他们忍不住有些失礼地盯着他看。马尔金先生看起来就像《爱丽丝漫游仙境》里的一个角色。

"你好，克拉拉小姐。"他说，"您一定是克拉拉的母亲吧？"他礼貌地鞠躬，向妈妈伸出手来。

"塞普蒂默斯·马尔金。"他自我介绍。妈妈别无选择，只能站起来说："米拉·阿斯克。很高兴见到您。"我能看得出来她内心多么希望马尔金先生远离房子，远离我、我爸爸和奥斯卡。

爸爸也站了起来。

"托马斯·阿斯克·特威福德，"他说，"克拉拉的父亲。"

奥斯卡一直盯着马尔金先生背心口袋里的那只老鼠。

"嗨，我的名字是奥斯卡，那是什么？"

"这是睡鼠，"马尔金说，"我把它从乌鸦嘴里救了出来，从那以后，它就跟我住在一起了。"

"它是你的荒野伙伴吗？"奥斯卡问，没有注意到我在悄悄地摇头。

"它属于荒野世界，它就像我的伙伴，但又不完全是我的伙伴，至少现在还不是。它还很小，所以现在还需要人照顾。"马尔金先生说。

"我们最好小心点儿，不然猫头鹰会抓住它的。"爸爸笑着说。

"图图从来都不会吃家里的朋友。"爱莎姨妈看起来很愤怒。

"一只大角猫头鹰?我必须说……"爸爸咕哝着,"你对动物真有一套,爱莎。"

妈妈的笑容越来越僵硬。

"你能来拜访真是太好了。"她用一种暗示马尔金先生最好点到即止的语气说。

马尔金先生本该听出这些暗示,但他似乎忽略了。

"哦,别客气,"他说,"这是年轻的荒野女巫生命中重要的一天。不仅如此,她还将迎来一个重要的夜晚!"

"夜晚?"爸爸很好奇,"为什么?"

爱莎姨妈在爸爸的身后疯狂地挥舞着双臂,妈妈看起来就像要晕倒了。而马尔金先生自顾自继续说着,根本没有注意到她俩。

"毕竟,这是她的豆蔻之夜,在许多方面决定了她将会……"

"马尔金!"爱莎姨妈打断了他的话,"很高兴你能来,有件东西我想让你看看……在外面。"

终于,马尔金先生开始明白了,有些事情不对劲,这个聚会不是一个普通的荒野巫师聚会——在那种聚会上,人们把动物装在口袋里、像谈论天气一样谈论魔法是很自然的事情。

他站了起来,尽管他刚坐下没多久。在离开之前,他把手伸进夹克口袋而不是背心口袋——睡鼠还蜷缩在那里，然后拿出一件生日礼物送给我。

"生日快乐！"他说。

这是一个小小的、黄白色的圆盘，上面雕刻着精致的图案——一个转轮，中心有一个轮毂，四条轮辐把转轮四等分。我想它应该是用骨头雕刻的，如果系上一条又细又圆的皮绳，我可以把它戴在脖子上。

"你知道的，爱莎、波莫雷恩斯夫人、珊妮娅、米拉肯达大师都和我是好朋友。"马尔金先生低声解释。

我点了点头。

"事实上，"他接着说，"我们是彼此的巫师兄弟姐妹。我们以爱莎为中心向东西南北形成了自己的联盟，可以共同做更多的事情，也可以互相呼唤——即使成年的荒野巫师也时常需要帮助。"

他一边说一边微笑，可是一想到这个荒野世界有那么大的危险，需要五个成年的荒野巫师来对付，我就不禁颤抖起来。

他那又长又弯的手指轻轻碰了我一下，仿佛有一阵暖暖的浪花从我的手上漫过，又漫过我的前臂。我知道他说的不是空话——他给了我另一份礼物，一份看不见却很容易感觉到的礼物：一种祝福。我猜这么说最合适。有时候，荒野巫师的美好祝愿具有特殊的力量。

"在你找到自己的巫师兄弟姐妹之前，"他说，"你可以呼唤我们——包括你姨妈在内的所有人。你要做的就是把这个转轮握在手里，用尽力气大声喊'阿迪维特！'——意思是'快来拯救我'。"他的笑纹加深了，"老实说，我认为你只需要大喊'救命'，就会有效果。不管你喊的什么，我们都会听到的。"

"这真的很特别。"我说，"非常感谢！"

马尔金先生只是笑了笑，然后就和爱莎姨妈到外面去了。

波莫雷恩斯夫人也站了起来。"我想我该回家了，"她说，"谢谢你邀请我参加你的聚会，克拉拉。你现在要保重了。"她在我的脸颊上匆匆吻了一下，然后穿上雨衣，走了出去。我能看见爱莎姨妈、马尔金先生和波莫雷恩斯夫人，他们三个都在那儿，用透明的塑料帽盖住头发，细雨已经淅淅沥沥地下起来了。看得出他们正在讨论什么，我真希望能听到他们在说什么。

爸爸也在朝窗外看。

"豆蔻之夜？"他说，"荒野女巫生活？巫师兄弟姐妹？"

妈妈轻蔑地耸了耸肩。"爱莎的一些朋友有点儿古怪，喜欢自然崇拜、巫术崇拜之类的。这就是我不希望克拉拉经常来这里的原因。"

"但这并不意味着他们不能成为正派的人，"爸爸说，"马尔金先生看起来是个善良体贴的人。"

"是的，我肯定他是，但我不希望克拉拉被骗去相信那些东西。"

"哦，克拉拉很懂事的。"爸爸笑着说，"毕竟，她是你的女儿。"

"是的。"妈妈说着，如释重负地笑了笑，可能是因为爸爸认为马尔金只是一位友好的嬉皮士。

我没有认真听。透过窗户，我看见爱莎姨妈、波莫雷恩斯夫人和马尔金先生走过院子，向左横跨过小溪。

"他要离开了！"我脸色铁青，"他才刚到这里，现在就要走了。妈妈，都是你的错。你为什么不能对他好一点儿呢？"

妈妈站了起来，也用目光追随着那三个人。

"我想我可能是不太友好。"她勉强承认。

爸爸看看我又看看妈妈。

"你知道他在说什么吗，关于什么豆蔻之夜？"他问妈妈。

"是的，"她说，"我的意思是，像马尔金这样的人相信，在一个年轻人十三岁生日那天晚上，可能会有一只给她带来任务的动物前来拜访。这是她为了成长而必须完成的任务。"

她的脸变白了。我是说，不仅仅是苍白，而是白得好像她的皮肤下没有任何血液。

"妈妈……"

"你还是知道的好，"她用一种紧张的声音对爸爸说，"我的父母曾经相信这些东西，爱莎也是。"

"但你不相信？"

"我不想和这种事有任何关系。"她说得那么尖刻，声音听起来就像在哽咽。

"但是，真的有那么糟糕吗？糟糕到你几乎不能忍受和你的亲姐姐待在同一个房间里？我知道你有多么不愿意来这里。"

"你不知道那是什么感觉，你不知道会发生什么。在那个豆蔻之夜，事情会变得多么糟糕。"

我突然明白了。

"你已经经历过了，"我说，"你有过你自己的豆蔻之夜。"

"是的，"她说，"而且很糟糕。"

"发生什么事了？"

她摇了摇头。

"克拉拉，我知道你喜欢爱莎姨妈，知道你喜欢待在这里，也知道你喜欢动物。但你要记住，并不是所有的动物都像星辰和汤普一样善良可爱。有些动物很危险。一只熊一巴掌就会杀了你，或者一群狼会把你撕碎，有些动物有毒，有些动物会给你带来致命的疾病。你不明白吗？"

"米拉……"爸爸把手放在她的胳膊上说，"你知道这完全是夸大其词，不是吗？"

"是吗？是吗？除非你看过我看到过的东西，否则你什么都不知道。"她说，"红色的，就像肉铺里的肉一样，只不过不是用刀切得整整齐齐，而是用牙齿和爪子撕碎的。它不再是'她'，不再是一个活着的人，而是动物吃的那种新鲜的肉。"

我通常想象不出妈妈在想什么，但这一次，一个场景从她的记忆里跳到了我的脑海里，这不仅仅是一个画面——我妈妈还能回忆起那股气味。我突然明白了为什么她从来见不得生肉，为什么我们主要吃蔬菜、鸡蛋和鱼，原来不仅仅是为了健康。

　　"她是谁？"我低声说。

　　"你在说什么？"爸爸问。

　　妈妈什么也没说。她只是一动不动地坐在那里，试图把那些记忆留给自己。

　　"我们晚饭后就走，"她说，"在天黑之前离开。这是我们的协议，我们必须这样做。你明白吗？"

　　我看着她苍白的脸，点了点头。

WILD WITCH

Chapter 6

第六章

事　故

生日晚餐最后变得一团糟，因为妈妈一直在看她的手表，我感觉我们每吃一口东西她都在盯着我们，试图让我们咀嚼得更快。爱莎姨妈也注意到了，但什么也没说。奥斯卡是唯一一个边吃边聊的人，主要是谈论我的新斯塔丰有多酷，以及能在上面找到所有的应用程序，而完全无视周围的气氛。

"谢谢，这顿饭真好吃。"就在最后一点儿冰淇淋从我们的碗里消失的时候，妈妈迫不及待地说，"非常好，爱莎，谢谢你邀请我们，但我想我们最好现在就出发。"

爱莎姨妈目光锐利地盯着妈妈。"你确定吗？"她说。我很清楚她真正想问的是什么，"你确定克拉拉不应该拥有她的豆蔻之夜？"

"当然。"妈妈说，"克拉拉，去把我们的包放到车里去。奥斯卡，楼上的东西都带全了吗？"

"是的。"奥斯卡说。

"那我们就走吧。"

穿过森林通往爱莎姨妈家的路几乎是一条马车道，高低不平，坑坑洼洼，树根纵横交错。车不能开得很快——除非想把车底拆下来。

妈妈知道这一点，但仍然说："我们不能快一点儿吗？"

爸爸摇了摇头。我们坐的是他的越野车，不是妈妈的小车。

"太冒险了，"他说，"这条路的路况太糟糕了。"

太阳已经下山了，云杉下的黑暗深不可测。

奥斯卡借了我的斯塔丰手机，正在试用。

"有信号，"他说，"但下载的速度太慢了。"

我向后靠在座位上，望向左边的草地。在日落时分，我经常在那里看到鹿。我想我刚刚确实看到了一阵涟漪，但那可能只是风吹皱了高高的黄草。

然后，我听到森林里传来一声巨响。我只来得及转过头，眼看着事故发生。

"当心！"妈妈大喊，"要倒下来了！"

爸爸用力踩刹车，结果整辆车都在颤抖，我向前一冲，被安全带牢牢拉了回来。就在我们眼前，一棵高大的云杉缓缓地斜向马路的另一边，然后突然重重地倒了下来，发出巨大的撞击声，使得大地像波浪一样荡漾。汽车又向前滑行了几米，我们听到树枝被折断的咔嚓声，然后我就什么也看不见了，因为风挡玻璃破裂了，变得又白又不透明。与此同时，只听砰的一声，前面的两个安全气囊像气球一样膨胀起来。爸爸大喊了一声"抓紧！"，可还能抓住什么呢？然后，整辆车再一次猛地向前一撞，我又跟安全带做了一次拉扯。

第六章 事故

发动机出了毛病。

四下一片寂静。

"克拉拉，米拉，奥斯卡，你们还好吗？"爸爸的声音听起来很镇静，就像只是要确认一下当前的情况。

"是的。"我回答。

"是的。"奥斯卡说。

"我没事，"妈妈说，"我刚刚被安全气囊击中了脸。"

我以前从未遇到过车祸。电视里当汽车撞到什么东西时，会有一声巨响，几秒钟后油箱就会爆炸，一切都会付之一炬。我从没想到过车里的人会如此镇定地交谈，就像什么都没发生过一样。

"我们不应该出去吗？"我问，"在……之前。"我不想说"在起火之前"，所以就把这个词空了过去。

"现在就待在座位上吧，"爸爸说，"做几次深呼吸压压惊，什么都不会发生。"

"哇，"奥斯卡说，"我们撞到树上了！"他似乎觉得这一切都太令人兴奋了。

爸爸想要打开门。他不得不多推了一下，铰链发出吱吱的声音，但他还是设法把门打开并下了车。

如果他能下车，我也行。我解开安全带，打开车门。

"克拉拉，"妈妈说，"先看看你有没有受伤，你并不是每次都能立刻就注意到这样的事情。"

"我很好。"我说。

汽车的前部已经撞毁了。云杉被连根拔起，到处都是折断的树枝，还有一股浓浓的树脂和新鲜木头的气味。这是一种奇怪的、令人愉快的、浓郁的圣诞节一样的气息。

妈妈和奥斯卡也出来了。妈妈摸了摸她的鼻子，没有流血，看起来我们都毫发无伤地从事故中逃了出来。

"我们得找人把那棵树清理掉。"妈妈说。

"是的，"爸爸说，"但这需要时间，米拉。此外，风挡玻璃报废了，我想必须回到爱莎家再过一晚了。"

妈妈摇了摇头。"不行，我们要回家。"

"米拉……"

"我们不会回去的。"

"你认为孩子们留在这里更好吗？米拉，这可能需要几个小时……"

妈妈看了看四周。就在树倒在地上后的这十分钟里，周围的黑暗越来越深，夜色越来越浓了。温度在下降，我把夹克裹紧，但还是觉得越来越冷了。

"我找到了最近的汽车救援中心。"奥斯卡骄傲地说，挥舞着我的斯塔丰，"加斯帕，汽车服务和风挡玻璃，他们在……等一下……二十四公里外。二十四点六公里，事实上。"

"我能借用一下你的手机吗？"爸爸问。

"当然。"我说。

爸爸打了个电话，但只能接通语音信箱。直到第四次尝试之后，他才找到一个愿意在寒冷的三月晚上七点之后接电话的机修工。我站在原地颤抖着，爸爸在解释着那棵树、这辆车和风挡玻璃。

"这个地方叫什么名字？"他和机修工谈完后问妈妈，"我是说，我们在哪片森林里？"

"我不知道。为什么问这个？"

"因为机修工说搬动这棵树是林业委员会的事，他只负责修汽车。此外，他要到明天早上才能拿到新的风挡玻璃，而且他也没有车可以借给我们一路开回城里。米拉，唯一明智的选择就是……"

妈妈环顾四周。我双手缩在衣袖里，耸着两肩，冻得发抖。奥斯卡则左右来回跺着脚，以恢复一些脚趾的感觉。至于爸爸，他一只手还扶在车顶上，看上去紧张而疲惫。

"是的，我知道。"妈妈说，"好吧，我们回爱莎家去。她肯定知道该叫谁来把那棵树弄走。"

事故发生时，我们已经开了大约十五分钟的车，所以要好一会儿才能走回去。黑暗正在逼近我们。在我们上方的什么地方，一只猫头鹰在叫。

"是图图吗？"奥斯卡问。

"不，"我说，"我觉得不是，这只猫头鹰的声音更低沉，不那么尖锐。我想那是一只黄褐色的猫头鹰。"爱莎姨妈教过卡赫拉模仿六种不同的猫头鹰叫，我记得。她也教过我，但卡赫拉做得更好。当卡赫拉这样叫的时候，她的声音可以以假乱真。

路边的黑莓丛中发出沙沙声，一根树枝啪的一声折断了，树下一片漆黑。

"我完全忘记了森林是多么生机勃勃，"爸爸说，"即使是在晚上。或者更确切地说，尤其是在晚上。"

"哟嗷嗷嗷嗷嗷——"

森林似乎在回答，传来一种长长的、低沉的猫叫声。我突然想起了厨房窗外的那只猫，还没等我看清楚它的样子，图图就把它赶走了。"你来得太早了，现在不是时候。"

但现在是时候了吗？

柔软的动作，无声的跳跃，明亮的眼睛里闪过月光——在我们前面最多七八米远的路上出现了什么东西。那是一只又高又瘦的猫，半张着嘴，前爪翘起来，在月光下闪闪发亮，它几乎是银色的，我怀疑在白天它看上去可能更像狮子。

它一动不动地站着，盯着我们。它的耳朵笔直地竖起来，上面茸茸的长毛簇微微地颤动着。

"一只山猫！"爸爸叫了起来，好像他无法相信自己的眼睛，"这是一只山猫！站着别动，它很快就会离开。"

妈妈没有站着不动，而是向山猫冲过去，同时挥舞着双手，好像要赶走一匹马。

"快走开！"她喊，"走开——走开——走开！"

山猫发出咝咝的叫声，月光在它的尖牙上闪闪发光。然后它跳过马路，钻进了灌木丛和枯草之中。

我一动不动地站在那里，嘴巴张了几秒钟。不是因为山猫，尽管它很令人兴奋，而是因为妈妈。

我的妈妈是个荒野女巫。

没有别的解释了。

她大喊"走开"的方式，完全就像我做的那样。我唯一擅长的荒野魔法原来是从妈妈那里继承的。

"妈妈！"

她转过身，不再盯着那只山猫，而是看着我。我肯定她意识到自己已经暴露了。我完全知道她做了什么，以及她是如何让山猫消失的。但她表现得好像什么事也没发生过一样。

"一只山猫，"她说，"在这附近，我不知道它是不是从动物园里逃出来的。"

"这是可能的，"爸爸说，"不然的话，它为什么会如此乐于接近人呢？但我觉得试图吓唬它可不怎么明智。"他说，"米拉，我不知道，像这样威胁它，如果它不是逃跑而是攻击你，你该怎么办呢？"

"但它没有。"妈妈说，"来吧，我们回爱莎那里，这样我们能暖和点儿。我已经受够了一晚上的野外刺激。"

"妈妈……"

"不是现在，克拉拉。"

她开始沿着大路往前走，我们跟在后面。

奥斯卡兴奋得蹦蹦跳跳。

"首先，我们开车撞到一棵树上。"他说，"然后我们被一只山猫袭击了。哇，太酷了！"

　　"我们没有受到袭击，"我抗议，"只是……"

　　"哦，别扫兴了，"他说，"那可是一只又大又酷又吓人的山猫！"

Chapter 7

第七章

盲目走过人生的人

汤普见到我们很激动，爱莎姨妈则更加忧虑了。

"发生了什么事？"她问。

"一棵树横倒在路上。"爸爸说。

"就在我们面前，"奥斯卡补充说，"爱莎，我们直接撞上它了！"

"天啊，有人受伤吗？"

"没有。"妈妈说，"爱莎，让我们到里面暖和暖和吧。"

爱莎姨妈还站在门口，好像在故意阻止我们进去。她看着我妈妈，然后以一种奇怪的方式耸了耸肩。

"那好吧，来吧。"她说。

客厅里，什么也不是坐在它最喜欢的椅子上，手里拿着一本书。它面前的咖啡桌上放着一壶茶和两个热气腾腾的杯子，其中一个带着一根吸管。什么也不是没有胳膊，只有翅膀，在本该是爪子的地方，却长着柔软的小手。它确实能抓东西，但走起路来很困难。当伸直短腿坐着的时候，它可以用一只手拿着书，另一只手翻动书页。但是它很难用手够到嘴，因此一根吸管让它喝起水来容易多了。

当看到我爸爸时，什么也不是立刻丢下了书。

"噢，不。噢，对不起。噢，天啊，天啊！"它飞快地从客厅飞到厨房，慌乱之中将一团鸟粪一样的便便掉在地毯上。然后它打了个喷嚏，"阿嚏！噢天啊，噢天啊，噢天啊……"

"你回来吧，"爱莎姨妈说，"他已经看见你了。"

爸爸看起来目瞪口呆。他能处理得了连根拔起的树木和撞坏的汽车，甚至还能从容地面对山猫，但面对什么也不是，他实在不能把它融入对自然界事物的理解之中。

这不足为奇。它不是鸟，也不是人，它被称为嵌合体，是两种以上生物杂交的产物。它不是按照常规的方式出生的，而是通过血术和魔法创造出来的。它是一个实验失误，一个在它的"妈妈"奇美拉眼里什么也不是、没有任何用处，也没有任何价值的"东西"。它飞得不好，它没有喙，也没有一张像那些姐妹鸟们一样长着鲨鱼尖牙的嘴，只有一张躲在皱巴巴的羽毛中间的小女孩儿一般的脸。

尽管它那所谓的妈妈给它起了这个名字，但它并非什么也不是。它一直在练习，而且越来越擅长做力所能及的事情了。它喜欢帮助别人，每完成一件小事都会令它感到兴奋，因为这让它觉得自己很了不起，人们需要它。如果此时我爸爸说出任何可能伤害它感情的话，我就……我就……

爸爸什么也没说，只是抬起下巴，闭上了嘴，然后目不转睛地盯着我。

什么也不是停止了四处乱飞，笨拙地落在咖啡桌上，震得茶具哗啦啦地响了起来。"对不起！"它又说了一遍。

"你不必说对不起，"我坚定地说，"如果有人应该道歉，那就是我们。我们不应该把你藏起来。我真的很想让你来参加我的生日聚会，幸运的是还有时间。爸爸，这是什么也不是，它是我的朋友。"

"我？"它高兴地叫着，"噢，谢谢你，我又是你的朋友啦！当然！永永远远都是。你好，克拉拉的父亲，很高兴见到你。"它无法与他握手，却出奇利落地鞠了一躬。

"呃……晚上好，"爸爸说，"我也很高兴见到你。"

那一刻，我想给爸爸一个世界上最大的拥抱。我完全明白他其实有无数的问题——它是谁？它从哪里来？它怎么可能存在？但他什么也没问。事实上，他成功地将注意力从那个对他来说不可能存在的生物身上移开，转而将目光投向了爱莎姨妈。

"很抱歉，我们没有事先通知就回来了，"他说，"但看起来我们今晚不能开车回去了。我希望你认识什么人，让我们可以打电话请他把那棵树清理掉。"

"我知道那是谁！"什么也不是高兴地说道，"在一张纸上，就在那里！"它用翅膀尖指着一个五斗橱，"在那本绿皮书里，右边第二本。"

"什么也不是能跟踪周围的事物，"爱莎姨妈说，"没有它我真不知道该怎么办了。"

什么也不是挺直了腰杆，得意地笑着。"我还能看书呢。"它说。

爸爸再次借用我的斯塔丰，这次是给"林务员安迪"打电话。我突然想到，到目前为止，奥斯卡和爸爸使用新手机的次数比我多得多。别误会，我得到它欣喜若狂，但我开始意识到，向学校的女生炫耀它比实际使用它更让我兴奋。这让我很惊讶，因为当我迫切地想要一个斯塔丰的时候，我确信自己将会充分利用它。但是现在很显然，它在爸爸手中更实用，他可以呼叫林务员，而不用像我们往常那样，不得不爬上爱莎姨妈家背后的山坡去找微弱的信号。他走到厨房里，关上了门。也许他是不想一直盯着什么也不是，但我认为他主要是不想让妈妈干涉。

妈妈站在窗前，望着外面的黑暗。她双臂交叉在胸前，看起来像是在拥抱自己。

"是你吗，爱莎？"她问。

"你什么意思？"

"是你把那棵树弄倒的吗？"

"说真的，米拉，你自己相信这话吗？"

妈妈转过身来。

"只是这做法真的非常符合你的愿望，不是吗？你不想让我们离开，你想让克拉拉过一个豆蔻之夜。"

"是的，"爱莎姨妈很平静地说，"我确实这么想。不管你喜不喜欢，克拉拉就是一个荒野女巫，如果她没有这个豆蔻之夜，作为荒野女巫就很难知道该选择哪条路径。克拉拉已经长大了，应该允许她自己做决定。毕竟，那是她自己的人生。"

一种不祥的东西在妈妈的眼睛里闪烁，我可以看出她非常非常生气。

"你说得一针见血。"她说，"克拉拉的生活是由我负责的，而你似乎愿意冒风险。"

"妈妈……"我小心翼翼地说，"爱莎姨妈也很照顾我，她只是做了一点儿不同于你的事情。"

"无论你怎么想，"爱莎姨妈说，"我绝对没有只为了实现自己的想法就弄倒几公里外的一棵树。"

"你想让我相信这是个巧合？"

"也许是的，也许不是。有时，荒野世界会确保需要发生的事情发生。或者至少，让其有机会发生。剩下的就看我们了。但有一件事我是知道的：那些盲目走过人生的人并不比那些能看到方向的人更安全。事实上，恰恰相反。"

她们久久地凝视着对方，好像忘记了奥斯卡、我和什么也不是也在房间里。奥斯卡睁大了眼睛，左顾右盼，这一次他保持了沉默。现在，我觉得妈妈和爱莎姨妈比以前更相像了，不是她们的衣服或头发相像——爱莎姨妈看上去仍像一个标准的荒野女巫：留着长长的辫子，穿着伐木工衬衫和绿色园艺裤子。而妈妈是一个纯正的城市女郎，她衣着整洁，留着利落的短发，穿着经典的布雷顿上衣和黑色裙子，看上去别致而聪慧。即使现在她的紧身衣也分毫不乱。但妈妈的眼睛里有一种神色，她站着的样子，有一种蕴藏着力量的感觉。妈妈已经让我和她自己远离荒野世界很多年了，她不想成为一名荒野女巫，更不想让我成为荒野女巫，但她无法逃脱。她有那种力量，这些年来，她只是用它来保护我——让我远离那些令她恐惧的东西。难怪我和她都擅长用尖叫"走开！"来驱散荒野动物。

"妈妈，"我说，"如果你不告诉我你的豆蔻之夜发生了什么事，我怎么知道我是否想要选择这个呢？"

我的心跳变得和昨晚从噩梦中醒来时一样不规律。爱莎姨妈显然认为豆蔻之夜极其重要，马尔金先生也是。现在，我不知道该相信谁。

妈妈看了我很长时间，然后摇了摇头。

"不，"她说，"我不想让你经历这些。你知道这很危险就够了，所以我说不行。我不会让你这样做的。我们今晚会待在这里，是因为我们别无选择。但你哪儿也不能去，听见了吗？你不能出去。午夜之后，你都不能靠近窗户。"

很明显，她认为事情已经结束了，但我不太确定。

WILD WITCH

Chapter 8

第八章

豆蔻之夜

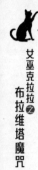
　　这是我们睡在爱莎姨妈家的第二个晚上，妈妈调整了我们的住处。她从楼上的房间里把我的床单抱下来，铺在客厅的沙发上，让爸爸和奥斯卡睡在我的房间里。爱莎姨妈回她的卧室，什么也不是也不必接着睡在马厩里了，而是住在它平时栖息的工作台上，它把脸夹在翅膀下面——它睡觉时最像鸟了。

　　"那你要睡在哪里呢？"我问妈妈。

　　"哪儿也不睡。"她扑通一声坐在客厅的一把扶手椅上，在腿上盖了一条毯子。她煮了咖啡，从手提包里拿出钥匙。她把它们举起来，好让我能看到它们："我上夜班时，在报纸上学会了这个窍门。我今晚根本不想睡，哪怕一秒钟。如果我真的打瞌睡，钥匙就会掉在地上，那声音就会把我吵醒。"

　　爱莎姨妈看着我们俩，我觉得她大概看出来没有任何进一步讨论的意义了。

　　"晚安，米拉。晚安，克拉拉。"

　　"晚安，爱莎姨妈。"

　　妈妈没有道"晚安"，只是用拿钥匙的手指着我："躺下。"

　　我照她说的做了。那感觉挺奇怪的，我躺在那里想要睡觉，她却坐在我旁边清醒着，好像我生病了，或者说我像个需要被照看的小婴儿似的。这时候还不算很晚，才刚刚十点，但我前一天晚上睡得很少，所以很快就闭上眼睛了。

"是时候了。"

那是一种想法，一种声音，还是一场梦？我不知道。我只知道我内心有一种东西在颤抖，在歌唱，就像拨动吉他的弦一样。

我睁开眼睛。

妈妈仍然坐在她的"警卫椅"上，一手拿着钥匙。但我一眼就看出她睡着了——拿着钥匙的手放在膝盖上，头歪向一边。她面前的咖啡很久以前就不冒热气了，可能已经凉透了。

小狸正站在过道的门边，看起来比平常还要大，那双黄眼睛眨也不眨地盯着我。

"来吧。"

我额头上有四道苍白的疤痕，那是小狸的爪子抓的，我们第一次见面时，它就抓伤了我。之后它用粗糙的粉红色舌头舔了我的血，疤痕就淡得基本看不见了，其中一条几乎消失了。这些伤疤在很久以前就不疼了，但这一刻，我忍不住又摸了摸它们。

"我不知道这是不是我想要的。"我低声说。

它没有回答，只是转身就不见了。我不说它出去了，是因为门还关着。小狸有自己使用荒野之路的方法，它可以在几秒钟内消失，除了一团薄雾之外什么也不留下。

这是它说"随便你"的方式。但我突然意识到，如果现在不跟它走，我就再也见不到它了。

这个想法刺痛了我。如果我不跟着它，它就真的会离开我吗？

"你真可恶，"我低声说，"你不能那样做！你应该是属于我的。"

它没有回答，在内心深处我知道这样说是不对的。小狸不属于我，从来都不属于。

事实正好相反，是我属于它——如果它不想再和我打交道，我也无能为力。

我小心翼翼地站起来。妈妈没有任何反应，尽管她已经下定决心不睡觉了。是小狸让她那样睡着了吗？我不知道。事实上，我对小狸能做什么或不能做什么知之甚少。

我不能像小狸那样穿墙而过，所以不得不悄悄打开房门，以免吵醒妈妈和什么也不是——什么也不是仍旧把头埋在一只翅膀下，睡得很熟。

"现在，是时候了。"

一旦开始行动，我就停不下来。现在的感觉是如此强烈，我迫不及待以至于忘了穿上靴子。我打开门，走到外面，风吹起了我的 T 恤和头发，但我并不觉得冷。我光着脚穿过院子，根本感觉不到踩在鹅卵石地面上的凉意。

现在，森林仿佛是活的。天空中鸟儿到处飞着，灌木丛沙沙作响，草地上芳草荡漾，小溪里有什么东西在溅着水花，又大又圆的月亮挂在爱莎姨妈家后的山脊上。近处有什么东西在叫，那不是猫头鹰，也不是狗。湿草拂过我的脚踝，感觉就像一个个吻。

我走到小溪边，爱莎姨妈划定的荒野风篱的边缘就在那里，它们在等我。

我的心在疯狂地跳动，但并不是因为害怕。我无法解释内心涌动的感觉——仿佛森林里每一根树枝噼啪噼啪的声音都意味着什么，仿佛我能听懂微风的轻声细语，仿佛一切都突然有了意义。我注定现在就在这里，此时就在此地，不是昨天，不是明天，不是其他任何地方。

那只山猫站在桥的另一边，用金色的眼睛平静地看着我，耳朵上的黑色毛簇直立起来。看到它，我并不感到惊讶。

但它并非孤身在此。我一踏上桥，头顶上的空气就急促起来，一片鸟儿结成的云密密麻麻地围过来，使我想起了奇美拉的那些长着鲨鱼牙齿的姐妹鸟。但这一次，没有牙齿撕咬我，只有成百上千的翅膀掠过我的脸，擦过我的头发，发出嗖嗖声，其中有大山雀、蛎鹬、鹧鸪、鹋鹩、白嘴鸦、乌鸫、灰雁，还有海鸥、猎鹰、秃鹫、猫头鹰、麻雀等等，包括属于这里的鸟和绝对不属于这里的鸟。

这里不仅有鸟类，在我脚下，小溪里也满是各种各样的鱼和其他水生动物，六只水獭扭动着从河岸游向我的脚边，一股刺鼻的味道飘向我，毫无疑问那是鱼腥气和水草的味道。

"咿，咿，咿！"它们兴奋地尖叫着，前面的水獭用湿漉漉的前爪踩在我的脚背上，带着微笑抬头看着我，我能看到它的下颚、粉红色的舌头，以及闪闪发光的白色尖牙。

更多的动物从草地和森林里涌来，有梅花鹿、狍子、野兔、野鸡、水田鼠、艾鼬、红松貂，有两只大獾，有至少八只狐狸，还有甩着尾巴的红鹿、一头有粗糙鬃毛的深棕色野猪以及三头跟在它身边的母猪、一群野山羊……动物的数量太多了，根本数不清。

然后山羊群分开了，我看到一头庞大的黑色动物像破冰船穿过薄冰一般穿过羊群。它背部拱起，双肩像巨大的驼峰，肩膀上的毛堆成一团。它的头比我双臂间的距离还要宽，上面长着尖尖的角。它有宽阔的前额和粗壮的脖子，盯着我看的眼睛跟身体的其他部分比起来显得很小。

野牛，那是一头野牛。

它停在山猫旁边，用前蹄刨了几次地，但那不是威胁。山猫在野牛旁边静静地待着。

然后我又听到一阵嚎叫，那声音离得更近，听起来更像是犬吠声。接着森林里出现了十几只动物，它们的眼睛是琥珀色的，爪子宽大，嘴巴半张着——是狼。

一只老鼠蹿上我的腿，那是一只灰色的小家鼠，我几乎可以肯定以前见过它。它一直爬到我的脖子上，停在我的 T 恤领口处，我能感觉到它细小而精巧的爪子贴在我锁骨处的皮肤上。

周围到处都是昆虫的嗡嗡声——苍蝇、甲虫、蚊蚋和大飞蛾……一只大黄蜂把我的脸撞了个大包，但并没有把我刺痛。

似乎所有可能出现的野生动物都来了。它们中有些肯定使用了荒野之路，而另外一些可能在大自然中常见的道路上徘徊了几个小时甚至几天。所有的动物，都在看着我。不管金色的还是黑色的、小小的还是硕大的，每一只眼睛，甚至连昆虫的复眼也不例外，都在注视着我的一举一动，注视着我的每一次呼吸。这注视就像实实在在的重物压在我身上。空气变得又厚又沉，我不知道它们在等什么。

呼吸变得困难，我的心怦怦直跳，我的耳朵也在轰鸣。它们想从我这里得到什么？

我可以让它们离开，可以对它们尖叫，我很擅长这个。然后，我就可以重新呼吸了。

但这不是我来这里的原因，当然也不是它们来的原因。

突然，周围的空气变得轻盈起来。一道烈火划过头顶上的天空，我感到一种温暖，内心有一种不属于我自己的笑声。

"是时候了，年轻的荒野女巫，是时候展示你是谁了。"

那是火焰鸟，既真实又神奇，属于自然又超自然。它的翅膀和尾巴燃烧着，闪闪发光，在所有动物的眼睛中映出火红的尖尖倒影。上一次，当我经历乌鸦之母的烈火试炼时，它用燃烧的翅膀把我包围起来，问我是谁。现在，它又来了，好像要确认我当时在酷热和大火中所说的话，是否仍然算数。

水獭咬住了我的裤腿。

"咻！咻！"它急切的叫声震耳欲聋，穿透了成千上万只动物发出的声音，这些动物在呼吸、刮擦、翘尾巴、顶脑袋、哼哼、推搡、拍打或跺脚。从某种意义上说，这里除了水獭，没有动物咆哮、尖叫或嚎叫。

我小心翼翼地把手放在我肩上的老鼠身上。它跳了起来，落在我的手掌心，用小手一样的前爪擦着它的鼻子。

"好的，"我低声说，"随你的便。"我环顾四周，想尽可能多地看到动物们的眼睛，"是的，无论你们想要什么，答案是没问题，我保证尝试！"

它们一直看着我。我有一种明显的感觉，它们觉得我做得还不够好。

我深深地吸了一口气，闭上了眼睛，用所有的荒野感知，而非眼睛、耳朵或鼻子，去感受它们。

"是的。"我又平静地说了一遍，然后，把声音提到最高，"是的！"

那种嘈杂之后的寂静又恢复了一会儿。

然后它们几乎同时开始行动。野牛哼了一声，摇了摇头，转身离开了。成群的鸟飞走了。鹿群颠儿颠儿地出发了，在黑暗中只能看到它们摆动的白色臀部，每个臀部上都有三道黑色的条纹，像是戴着"111"的号码牌。

水獭一家心满意足地吱吱喳喳地叫着，又跳回了小溪里。几分钟之内，周围也再没有什么昆虫了。在我的头顶上，火焰鸟笑着在天空中划出闪耀的轨迹，直到我再也看不见它。

小老鼠还在我的掌心。除它之外，山猫是最后离开的。它那长长的柔软的身体一动，几秒钟就消失在树下的黑暗中。

突然间，我又能感觉到脚下冰冷刺骨的沙砾了。风吹过我的Ｔ恤，我裸露的手臂上起了一片鸡皮疙瘩。

"我保证，"我对小老鼠说，"但我可能需要你们大家的帮助。"

它抖了抖胡须，又揉了揉鼻子，飞快地从我的手臂上蹿到我的背上，然后跳到地上。当我转身时，它不见了。

妈妈站在更远一点儿的车道上。她没穿外套，也没换鞋，还穿着爱莎姨妈的拖鞋。她一动不动地站着，两臂无力地垂在身体两侧，我知道她一定看到了刚刚发生的一切，至少看到了一部分。

她会责备我的，她会对我很生气，比以前更生气。

但她没有。

她只是看着我，脸上毫无表情。她看起来不再害怕了，就好像最糟糕的事情已经发生了，所以没有理由再害怕其他事情。

"你记得你答应过什么吗？"她问。

我咬着嘴唇。我冻得直哆嗦，双脚完全麻木了。

"记得，"我终于说，"但我别无选择。"

这不是真话，我本可以让它们走的。但如果我那样做了，我就不能成为一个真正的荒野女巫了。

这就是小狸威胁要离开我的原因。仅仅三心二意的努力是不够的，要么孤注一掷，要么一无所有。我本可以像妈妈那样做，我本可以抛弃我的荒野世界，用我所有的力量来阻止这一切的发生，那我就可以继续享受普通人的美好生活。但我无法忍受，因为如果说现在有什么事让我比以前更加确定，那就是——是的，我确实想成为一个荒野女巫。

WILD WITCH

Chapter 9

第九章

美洲狮

"我得走了。"

小狸的声音浮现在我的脑海里，但我睡得很熟，似乎根本无法醒来。此外，小狸也总是来去自如。

"嗯……"

然后，我昏昏沉沉的大脑意识到，它在消失前通常不会打招呼。

"小狸？"

"我们会再相见的，只要你真的需要我。"

"什么？"

"回去睡觉吧，但不要忘记这一点。"

我别无选择。睡意像黑洞一样在我的脚下打开，我跌入其中。

第二天早上醒来时，我浑身都僵硬酸痛，好像有人用拳头打了我一整夜。小狸，小狸在什么地方？它之前威胁我，要是我不去见那些等着我的动物，它就会离开。我既然去了，它为什么还要离开我呢？

至少它答应回来，我努力满足于此。

汤普走到我跟前，把我从头到脚嗅了一遍，显然是觉得我闻起来很奇怪，但也很有趣。我从沙发上爬起来，希望爱莎姨妈那个有点儿喜怒无常的热水器给个面子，让我洗个热水澡。

当我湿着头发、把浴巾当晨衣裹在身上出现在厨房里时，爱莎姨妈正在泡茶。她放下水壶，看着我说："跟我说说。"

我不知道从哪里说起。

"妈妈睡着了。"我试探地说，"小狸来了，如果我不和它一起去，那么……"

爱莎姨妈点点头。

我有一种感觉，即使是普通的荒野伙伴也不会和那些不想成为荒野巫师的人过从甚密，更何况拒绝豆蔻之夜……

"那么我永远也成不了一名真正的荒野女巫。"我轻声说，"小狸会离开我的，它会抛弃我，而且不会回来……"

"是的，"爱莎姨妈说，"它可能会这么做。来的是谁？是那只山猫吗？"

"不是。更确切地说，也算是，山猫也在那里。"我该怎么解释呢？那些喙、翅膀、蹄子、角、爪子和眼睛，尤其是眼睛……

"让我看看。"爱莎姨妈说着，用双手捧起我的脸，看着我的眼睛。

鹧鸪、鶒鶏、白嘴鸦、乌鸫、灰雁、海鸥……

梅花鹿、狍、駍鹿、马鹿、野兔、野鸡、水貂、红貂、野牛、老鼠、水獭、狼……

火焰鸟。

山猫。

爱莎姨妈放开我，用手在自己的脸颊上擦了几下，看起来有一点儿茫然。

"不止一只动物，"她低声说，"也不是一群。"

"对。"

"我的意思是，通常是动物需要你的帮助，比如有雏鸟从窝里掉出来了，需要你帮忙，或者它的家被摧毁了，需要你帮助它找一个新家，或者它受到某种疾病的威胁，需要你帮助治疗。总之，一旦明白了自己的任务，并且成功解决了问题，那你就算通过了豆蔻之夜的测试。然后，你基本上成为一个真正的荒野女巫，尽管可能仍然有很多东西要学。"

我点了点头，我也是这么理解的。

"但为什么有那么多动物？它们怎么会有同样的问题呢？你到底要帮它们干什么？我以前从未听说过这样的情况。"

我低头看着自己的手。我真的不知道为什么，我和爱莎姨妈一样困惑，我想我应该做点儿什么，只是根本不知道到底该怎么做。

"难道我们就不能问问别人吗？"我说。

"乌鸦之母，我们可以问问他们。豆蔻之夜通常是测试任务的一部分，但这不是一个正常的豆蔻之夜。如果你妈妈允许，我们今天就可以去乌鸦壶。"

"我想她不会高兴的，"我说，"但是，我需要对自己负责，这是我昨晚学到的。为了成为一个优秀的荒野女巫，我要做那些必须做的事，即使我妈妈不同意。"

爱莎姨妈直起身子的那一刻，我身后的地板发出了吱吱嘎嘎的声音，我几乎马上就猜出发生了什么事。当我转身时，妈妈正站在门口。

她听到了我说的话。

她的眼睛看起来比平时更黑。"过来。"她说。

"我们要去哪里？"我问。

"外面，没人能听到我们说话的地方。"

爱莎姨妈挑了挑眉毛，但什么也没说。

"我需要穿衣服。"

"好的。你准备好了，来马厩找我。"

"但是你要说什么呢？"

"你问我的豆蔻之夜怎么了，也许我昨天就应该告诉你，可我没有。你如果想要掌控自己的荒野女巫生涯，就需要知道面对的是什么。"

她最后给了爱莎姨妈一个深深的怒视——我仍然认为她内心深处觉得一切都是爱莎姨妈的错，然后她离开了。片刻之后，前门砰的一声关上了。

"爱莎姨妈？"

爱莎姨妈再次拿起水壶，小心翼翼地把开水倒进茶壶。

"跟她去。"爱莎姨妈说，"如果她真的想告诉你当年发生了什么事，那么你应该听她说。我相信你将是第一个知道全部真相的人，我们其他人之前都不得不去猜测。"

当我打开马厩的门时，星辰向我发出嘶鸣，它可能以为我给它带了早上的干草。我抓了几把掉在地上的干草喂给了它——它喜欢把头伸到门外面去吃东西，总把干草弄到地上。一顿像样的早餐还得再等一会儿。

妈妈心烦意乱地给一只山羊的犄角挠着痒痒，倒不是因为妈妈讨厌动物，她并不反感它们。在骑术学校搬出城镇之前，我被允许上了几年骑术课。她也不介意小狸住进家里。不过话说回来，要想把一只会使用荒野之路的猫拒之门外也是很困难的，因为它只要能穿过门和墙，就可以四处溜达。另外，只要有奥斯卡带着，他的狗武弗也被允许进入我们的公寓。

妈妈害怕野生动物，最害怕的当然是那些很危险的动物。

现在，她转过身来，默默地打量着我，检查我穿得是否得体——靴子、暖和的夹克和一顶裹住湿头发的羊毛帽子。我们站在那里盯着对方看了几秒钟，都不知道从哪里说起。

"当我十二岁的时候，我和最好的朋友做了一笔交易。"妈妈突然开始了，"她的名字叫莉娅，她的母亲也是一个荒野女巫，但莉娅不确定自己是否想成为一个荒野女巫。她是一个温柔的女孩儿，有时有些不安，但有自己勇敢的方式。我们总是黏在一起，从来没有人取笑过我们。她的眼睛和你一样是棕色的，发色金黄。她的头发从来都不直直地垂着，甚至在室内也不，她不得不用发带把头发扎起来以免挡脸。她有一副美妙的歌喉，纯净而有力，会唱出那种让人情不自禁去倾听的歌。说实话，我觉得她宁愿当歌手也不愿当荒野女巫。我比她大一天，当我们的豆蔻之夜即将来临时，我们决定互相帮助。先是我的夜晚，然后是她的夜晚。首先是我的任务，然后是她的。我们都觉得这样做更好。我们可以一起承担任何事情，至少我们是这么认为的。"

妈妈停了下来，沉默了一会儿。星辰哼了一声，山羊妈妈跺了跺脚，把它的前蹄放在厕间墙边的木板上，用头轻轻地撞了妈妈一下，让她接着给它抓痒。

妈妈深吸了一口气。

"这比我想的要难。"她低声说。

爱莎姨妈曾经说过，这个故事妈妈从来没有告诉过任何人。

"我看见你的山猫回来了，"她说，"也曾有一只'大猫'在我的豆蔻之夜来找我。它从野外的大雾中走出来，那是一只大而漂亮的金色美洲狮，眼睛的颜色像琥珀一样。我知道我应该跟着它，帮助它，所以就这么做了，和莉娅一起，就像我们约定的那样。我们跟着那只美洲狮沿着荒野之路来到了一个遥远的山区，我不知道那究竟是什么地方，那里很荒凉，很崎岖，也很炎热，岩石就像美

第九章　美洲狮

洲狮的毛色一样金黄。在我们头顶上方的空中，有两只巨大的秃鹰在风中盘旋，山路狭窄多石，我们必须留神自己的脚下。那只美洲狮虽然觉得我们太慢了，但还是在等着我们。"

"我们很快就明白了它为什么需要我们的帮助。一场泥石流堵住了美洲狮洞穴的入口，我们能听到它的幼崽在洞里哭泣，而它的乳房肿大，充满了乳汁。我们得移开挡住入口的岩石，不然它就无法接近孩子们，孩子们会饿死的。说实话，这并不是什么太困难的挑战，这需要的是毅力和体力，而不是任何荒野魔法。我和莉娅齐心协力，一起努力干着。我们想尽办法弄走岩石，尽管太阳已经升起，晨雾已经消散了。阳光炙烤着我们的背，我们开始感到头晕和口渴，因为我们都没有想到要带水和食物。但我们最终还是做到了。我们设法把其中的一块巨石推到一边，让它滚下山坡。幼崽们跑了出来，冲向妈妈。美洲狮侧身躺下，让孩子们吃奶，这时我们渴得几乎要嫉妒它们了。"

"'来吧，'我对莉娅说，'在中暑晕倒之前，我们赶紧回家吧。你能在这里找到荒野之路吗？'可是莉娅也找不到荒野之路，她紧张地瞥了一眼美洲狮妈妈，说：'我想得找到来时的路，然后按原路返回。'下山的时候，莉娅摔倒了。我不知道她的脚踝是摔断了还是扭伤了，反正她一点儿劲也使不上了。我想要抱起她，但做不到。我又累又渴，又热又缺水，昏昏沉沉的，而那里的路狭窄而危险。'没用的，'莉娅说，'这样我们会一起倒下的。米拉，你得去找人帮忙，我会在这儿等着。'"

妈妈凝视着马厩里的暗处，仿佛身处一个完全不同的地方，一个炎热、干燥、荒凉的地方，那里的石头光秃秃的，非常坚硬。

"我离开了她，"她接着说，"我别无选择。莉娅比我更擅长在浓雾中寻找出路，但我已经尽可能地快了。"

她叹了一口气，无比沉重。

"我到底还是不够快。我不应该离开她，不管对我们俩来说有多困难，我都应该把她带在身边，但是我没有。当我带着水、食物、绷带和莉娅的妈妈想要回去的时候，我们根本找不到那个地方，找不到正确的路径。我们大声喊叫，到处寻找，但没有得到回应。直到晚上我们才找到那个地方。这时，莉娅已经不在了。"

哦，不，我不想再听了。因为我已经想到了那一场景，在妈妈之前的欲言又止中。

"那只美洲狮……"妈妈咽了一口气，不得不重新开始，"我们帮助过的美洲狮，你知道它是如何感谢我们的吗？它吃了她。她有多无助啊，根本跑不动，甚至走不动。当你和爱莎帮助大山雀和獾宝宝时，克拉拉，你确实很容易认为动物非常可爱，但荒野世界不是这样的。现在你明白了吗？"

WILD WITCH

Chapter 10

第十章

失　踪

妈妈离开了，我不知道她去了哪里，或许她只是需要一些新鲜空气，我也有同感。我完美的生日还萦绕于心。我只尝试了一天，努力把普通世界和荒野世界结合在一起。我想，之后一切还会回到以前的样子，妈妈回妈妈家，爸爸回爸爸家，一切都照旧。但事情并非如此。

　　"这真是一团糟。"我一边对星辰咕哝，一边拍着它的脖子告别。它礼貌地抽动了一下耳朵，显然对刚刚给它的干草更感兴趣。

　　妈妈的故事一直萦绕在我的脑海里：那只美洲狮和它的幼崽、炎热的天气、岩石、莉娅，还有最后那难以言表的场景。

　　我知道大自然中的事物并不都是美好的。我甚至曾经有过想要吃掉几只獾幼崽的冲动——这可能是我的荒野女巫生涯中最糟糕、最恶心的经历，尽管那饥饿感并不是完全属于我的。我开始接受捕食者和猎物都是荒野世界的一部分这个事实。我知道，一只美洲狮遇到一个无助的受伤者时，可能会把他当作猎物。但是，首先请求帮助并得到帮助的是那只美洲狮，它怎么会吃掉……我无法把这两件事结合起来。这就相当于我用荒野魔法去召唤一只动物，然后杀死它。我只知道一个荒野巫师会这样做，那就是奇美拉。我想大多数荒野巫师宁愿饿死也不愿滥用魔法。

当我回到院子里时，爸爸正轻快地向小桥走去。

"你要去哪儿？"我对他喊。

"去汽车那里。"他说着又走了回来，"我可以借你的电话用用吗，甜心？机修工和那个叫安迪的林务员应该已经在路上了。如果他们还没到或者找不到那个地方，我们最好给他们打电话提个醒。"

"当然。"

突然，他更仔细地看着我，"到底出什么事了？"

"不，"我说，"没什么。"

"如果你不愿意把它借给我……"

"没有，不是这回事，是别的事情，这有点儿复杂。"我从口袋里掏出手机，"在这里，拿去吧。"

在某种程度上，我确实想把一切都告诉爸爸——关于我的豆蔻之夜，关于妈妈和美洲狮，关于在我脑子里翻腾的令人不安的想法。但现在，让他回到自己家比试图解释这些事要容易得多。

他觉察出来应该是出了什么事，但汽车、机修工和林务员都在等着，他很着急，我看得出来。

"等我回来再谈，好吗？"他说。

我点了点头。我们都认为以后会有很多时间来讨论，没想到事情后来的发展并非如此。

我回到屋里，帮爱莎姨妈摆桌子。奥斯卡终于起床了——他不是个早起的人。

"你妈妈在哪里？"他睡眼蒙眬地问。

"外面。"

"对了，"他咬了一口烤面包卷，然后似乎在暗暗地数着人数，发现少了一个人，"你爸爸在哪里？"

"他去取车了。"

吃饭的时候，妈妈回来了。她没说什么，我也不想说什么，但幸运的是，什么也不是喋喋不休地说个不停，我们所有人都不得不时不时地说"是""不是"或者"真的"。

洗碗的时候，一辆四四方方的红色客货两用车驶进了院子，汽车侧面有"阿尔夫汽车"字样，所以这肯定是机修工的车。汤普狂吠不止——对它来说，对着一辆奇怪的汽车吠叫是一种难得的享受。

从车里出来的人似乎心情不好。他砰的一声关上车门，我们还没来得及请他进门，他就用拳头狠狠地砸起车门来。汤普叫得更响了。

"汤普，去你的篮子里。"爱莎姨妈低声说，但声音很坚定。汤普疑惑地看着她，但还是照做了。

"我需要车钥匙。"一看到爱莎姨妈，那个脾气暴躁的人就说。

"车钥匙？"爱莎姨妈说。

"是的，越野车的钥匙。我没来错地方吧？"

"没有，但是钥匙在我妹夫那儿，那是他的车。我还以为他去找你了呢。"

"那我就不会来这里了，是不是？"

"你在路上没有遇见他吗？"

"没有，除了伐木工，没看见任何人。"

"我觉得我们最好一起开车过去。"爱莎姨妈看着他说。

"听着，女士，你觉得那像出租车吗？"他指着那辆客货两用车说。

"是不像，但我们不可能都坐进我的车，你那怎么说好歹也是辆车。"爱莎姨妈自己只有一辆老旧的小轿车，很少使用。

当意识到"我们"指的是两位成年女性、一个女孩儿、一个男孩儿和一只非常大的狗时，机修工变得更加不满。但是，想要对打定主意的爱莎姨妈说"不"非常困难。最后，妈妈、爱莎姨妈和机修工坐在前面，而奥斯卡、汤普和我被允许坐在后面。

"这是严重违法的，"他抱怨，"如果我被罚款……"

"我们不是在公共道路上行驶，"爱莎姨妈平静地说，"开车吧。"

坐在昏暗的客货车里，而不是普通的汽车座椅上，一开始是一件非常有趣的事情，但很快这种兴奋就消失了。

"哎哟！"奥斯卡叫了一声。当汽车颠簸着驶过一条特别坚硬的树根时，一个沉重的工具箱滑过金属地板，撞到了他的小腿上。汤普僵硬地站着，四条腿比平时分开得更远，它看起来也不是很兴奋。

我开始担心，爸爸会不会出什么事了。

"真奇怪……"我嘀咕着。

"什么？"奥斯卡问。

"他没有在汽车旁边等着。"毕竟，那是他出去的原因。

"也许我们到的时候他会在那儿。"奥斯卡说。

"是啊，可是机修工来的时候，他为什么不在呢？"

"也许他有什么事呢。"

"可这里是森林的中央，奥斯卡，没什么可做的。"

"小便。也许他需要小便呢？"

"好吧，也许吧，但那能花多长时间？"

"不用担心。我们马上就到了，你爸爸一定在那儿。"

但他没有。林务员安迪和他的同事正忙着锯断倒掉的云杉，把木头堆在路边。越野车看起来没什么问题，只是没了风挡玻璃。这里没有我爸爸的影子，安迪也没见过他。

"没有，"安迪平静地说，口中嚼着口香糖，"这里没有别的人。你想要木头吗，爱莎？毕竟，它倒在你的路上了。"

"谢谢你，安迪，我想要。"虽然爱莎姨妈看起来并没有在想冬天烧柴的事。

"奥斯卡"，我说，"试着打我的电话。"

"为什么？"

"因为我爸爸带着它。"

奥斯卡照我说的做了。

"没有人接。"他在打了几个电话后说，但我看到汤普竖起了耳朵。

"再打一次。"我说。

"但是没有……"

"照我说的做，然后安静地听。"

这一次，我几乎可以肯定听到了它的声音——斯塔丰那小小的来电铃声，那是它预设的铃声，我还没有来得及去换掉它。汤普低吼了一声，跳过圆木，跑到高高的枯草地里。昨晚，在树倒下来之前，我在那儿寻找过鹿的踪影。

"别挂电话！"我对奥斯卡说，然后跑向汤普，"跟我来。"

我们全力跑向声音发出的方向。在离汽车几百米远的地上，我们发现了我的新手机。

但是爸爸去哪儿了？

"我不喜欢这个。"妈妈低声对爱莎姨妈说，她认为我听不到她在说什么，但其实我能听见，"这散发着你巫术的味道。"

"你什么意思？"爱莎姨妈冷冷地说，"你是在指责我让克拉拉的爸爸失踪了吗？"

"不，不是直接的。或者更确切地说，不是你，而是你的那些巫师朋友或者巫师敌人。"

"米拉，说真的，你凭什么认为这与荒野世界有关？"

"因为在我的世界里，成年男性不会凭空消失得无影无踪！"

她们还在努力进行一场自以为不会被偷听到的谈话，不知怎的，低沉的声音使她们的争论听起来更加激烈。

"请停止争论吧，"我说，"我听得一清二楚。"

她们俩看上去都很尴尬。

"克拉拉是对的，"爱莎姨妈说，"争这个没有用，我们必须去找他。我希望你不会介意一些荒野世界的朋友来帮我们。"

妈妈吞了吞口水，摇了摇头。

"好吧，"妈妈说，"我们该怎么办？"

"汤普怎么样？"我说，"它能帮助我们吗？"

"它不是侦探，但是我们可以试一试。"爱莎姨妈说，"毕竟，它确实找到了手机。"

"那主要是因为手机铃响了。"奥斯卡指出，"可惜武弗不在这里，它很擅长找东西。"

武弗是一只拉布拉多犬，鼻子很灵敏，尤其是在寻找食物的时候。但除此之外，它并没有什么特异功能。

"我叫图图来。"爱莎姨妈说，"它不太喜欢在白天飞行，但它能听到一切移动物体的声音。"

然而，当图图在天空中出现时，它并不孤单，它被一大群白嘴鸦和寒鸦追逐着，就连爱莎姨妈都轰不走那群鸟。图图落在爱莎姨妈的肩膀上，虽然它努力显得端庄不露怯，但我还是不禁想到一个小孩儿爬到妈妈的大腿上，以阻止更大的孩子取笑他的场景。夜里，图图是国王，是一个沉默的、无所畏惧的、致命的猎手。但在白天，其他鸟也会欺负它。

"嘘！走开！"爱莎姨妈说，冲着叫得最刺耳的寒鸦拍手，"讨厌的鸟。"

它们飞了起来，但又落在附近的树上，等着突袭。很明显，我们今天不能指望图图的空中援助了。

"请你照看它好吗？"爱莎姨妈让图图从她的肩膀上跳到我的肩上，"我得试试别的。"

她在高高的草丛中坐下来，闭上眼睛。

"小心。"妈妈说，这一次听起来好像有点儿为她的姐姐担心。

爱莎姨妈笑了笑，没有提到荒野游离——荒野巫师的心灵旅行——对她来说，这就像妈妈日常去商店一样寻常。

"我会的。"她说。的确，如果不知道自己在做什么，荒野游离可能会很危险。我们学校的马丁——即使在我的意识里，我也竭力不叫他刻薄鬼马丁——受到了严重的伤害，因为我没有控制住自己，去进行了不由自主的荒野游离。

但爱莎姨妈比我强得多。

荒野游离时，人可以借用动物的眼睛、耳朵和鼻子，这感觉就好像一个人突然变成了动物。比如，如果一个人突然有了翅膀而不是手臂，他可能会感到很困惑，而且强烈地想要吃老鼠。现在爱莎姨妈正在寻找一只合适的鸟。鸟儿们在我们头顶上飞得很高，它们能看到的东西比我们在地面上看到的要多得多。

图图用嘴发出低沉的咔嗒声，我想它不喜欢爱莎姨妈这样离开我们。它一直站在我的肩上，紧紧抓着我以保持平衡。它是一只大鸟，虽然没有那么重，但我总能感觉到它的存在。

"你认为爸爸出了什么事？"我轻声问妈妈。

"我不知道，克拉拉小宝贝。"我突然意识到妈妈一直都比我更紧张。我还从没这么为爸爸担心过，通常都是爸爸为我担心，不是吗？此外，爸爸从来没有做过任何奇怪或危险的事情，他就是个很普通的爸爸。上班时，和我一起度假或者看电影时，甚至当我们撞到树上时，他都很冷静、很正常。我现在害怕的主要原因是，我感觉到妈妈在害怕——只是我不知道为什么。

后来我明白了，她在想山猫，那只长着金色眼睛和长长的爪子的山猫。

"不是它干的。"我脱口而出。

"你什么意思？"她问。

"你认为山猫把他带走了，但是它没有！"

"你对此一无所知，"妈妈说，"你根本不知道发生了什么。"

"你也不知道！"

奥斯卡半张着嘴盯着我们。如果他敢说一句类似"被山猫攻击超级酷"之类的话，我会狠狠地揍他一顿。但他没有。

爱莎姨妈叹了口气，仿佛在确认她又有了人类的胳膊和腿。

"我不太确定，"她说，"但我认为我们应该朝那个方向找。"她指了指草地那边的森林边缘。

当我们开始走的时候，听到身后有人抗议。

"嘿！"机修工朝我们喊道，"那车钥匙呢？"

"不在这里，"妈妈厉声回答，"现在顾不上。"

"你到底要不要把那辆车修好？无论你修不修，我都会按小时数收费。我浪费了这么多时间，每小时都要钱的。"

"把你的账单寄给我。"妈妈咆哮着。

机修工直起身来，在空中挥舞着拳头。"蠢货！不要再给我打电话了！"然后他开着那辆方形客货车，从越野车旁边急速擦过，只听砰的一声响，然后客货车就消失在了路上，以一种对车本身毫无益处的速度消失了。不过话说回来，他自己会修理的。

"他说你妈妈是蠢货！"奥斯卡被激怒了，"他才是蠢货呢。如果他心情这么不好，为什么还要来呢？他可以一开始就说不来的。"

"我猜他就是想要钱。"我心不在焉地说。那机修工和他的脾气并不是我现在关心的问题。如果妈妈是对的呢？如果那只山猫，就像美洲狮一样，最终攻击了一个只是想帮忙的人呢？它怎么知道那是我爸爸？

"山猫很害羞，"爱莎姨妈对妈妈说，感觉她好像知道我们的心思，"一般远离人群，不会攻击人类的。"

"希望如此吧。"妈妈冷冷地说。

我们穿过高大的黄草地，大声呼叫着搜索。我没有戴手表，所以不知道过了多长时间。

当我们快要到达草地另一边的森林时，发现一个小小的东西正在草地上笨拙地跳来跳去。是什么也不是！我原以为它飞不了这么远，但它在这里，气喘吁吁的，我能听见它的喘息声，它挣扎着落在离我们只有几步之遥的地上。

"我……我……我见过……"它上气不接下气，几乎说不出话来，"……见过他！"

"我爸爸？"我说。

"克拉拉的爸爸，"它气喘吁吁地说，"是的。"

"在哪里？"

"在那儿，"它用翅膀尖指着不远处说，"他静静地躺着，他什么也没说……"

我急忙弯下腰，图图拍打着翅膀表示抗议，但还是飞回了爱莎姨妈的肩头上。我抱起小小的、湿漉漉的、筋疲力尽的什么也不是，跑了起来。

WILD WITCH

Chapter 11

第十一章

水　蛭

爸爸躺在森林边上，少量新鲜的蕨类植物已从土壤里生长出来，但是那些古老的、棕色的、枯萎的蕨类植物使人们很难发现他。

什么也不是负责指挥："那里。不，再往右一点儿！就在那儿！你看不见他吗？"于是，我终于找到了爸爸。

他仰面平躺着，看上去就像在看云来打发时间。但他双目紧闭，有那么一刻，我甚至担心他是否还活着。然后我看到他在呼吸——他的鼻孔一张一合，胸部慢慢地起伏。

"爸爸？"我低声说。

当然，他没有回答。如果在过去的半个小时里他都没有听到我们的大声叫喊，那现在的低声细语也肯定叫不醒他。我蹲在他身边，小心地抚摸着他的脸颊。

我的手指很冷，但他更冷。

他怎么了？

"是我的错吗？"什么也不是问。

"你的错？当然不是。为什么这么说？"

"因为他本不应该看到我，但我还是被他看见了。当他发现我的时候，我就知道他完全不对劲了，也许就是因为这样他才生病了。"

"没有人因为看到你而生病，"我说，"这不是你的错。恰恰相反，最后是你找到了他。"

"是的。"什么也不是说，看上去高兴多了，"我做到了！全靠我自己！"

"你怎么知道我们在找他？"

"当图图叫着飞走的时候，它是去寻找什么东西吧，我能感觉到。然后我想也许我能帮上忙，虽然我不太擅长飞行。"它小心翼翼地抖动着翅膀说，"我的翅膀现在真的很痛。"

我知道应该说些好听的话，不停地赞美它，但现在我满脑子想到的只有爸爸。我解开他衬衣的扣子，确保他能呼吸顺畅。

于是我发现，就在他脖子下方，有一条长得又大又肥的黑棕色水蛭。

我一时冲动就把它扯了下来，后来才想起应该让它自己脱落。我只是想把水蛭从爸爸身上拿下来，用力地拉它，结果弄得到处都是血，爸爸的衬衣、外套，还有旁边棕色的蕨类植物都被染上了红色。

"发生了什么？"奥斯卡说，一路上他都跟在我后面，"他被刺伤了还是怎么了？"

"不……"我扔掉水蛭，双手捂住爸爸身上的伤口，仿佛要把所有的血都挤回他的身体。

爸爸动弹了一下，半睁开了眼睛。他的目光仿佛蒙着一层奇怪的纱，他看上去不太清醒。

"克拉拉，"他咕哝道，"颜色，到处都是颜色。为什么一切都变红了？"

然后，他闭上了眼睛。尽管我叫他，轻轻地摇他，他也没有醒过来。

"让我看看，"爱莎姨妈在我旁边蹲下来，"这些血是从哪儿来的？"

"水蛭，"我说，"有一只水蛭，我把它拔了下来。"这是我的错，我想，"我不应该去管它，对吗？"

"也许吧，"爱莎姨妈说，"这要看是哪种水蛭了。它在哪里？"

"我刚把它扔掉了。"

爱莎姨妈把双手放在爸爸的伤口处，开始吟唱，那是一首缓慢而沉重的荒野之歌，让人喘不过气来。但血不再流了，这更重要。

"你说……那不危险，"我结结巴巴地说，"当卡赫拉被咬的时候。"

"通常情况下是不危险的。"她说，"他很快就会醒过来，你会明白的。也许他摔了一跤，撞到了头，一杯柳树皮茶和一些荒野之歌就会让他好起来的。别害怕，克拉拉，我们会把他治好的。一个人不会死于水蛭的叮咬。你去找星辰，我们可以把你爸爸带回家。"

"他不可能回你那里，"妈妈说，她的脸色苍白，但声音很坚决，"他要去医院，他不需要更多的巫术了！克拉拉，把手机给我！"

人们不会死于水蛭的叮咬，爱莎姨妈这么说，那这一定是真的。我把电话给了妈妈。

"我能帮上忙……"爱莎姨妈说，但是妈妈打断了她。

"不需要！他需要救护车、医生和医院。我也不想让他在入院前被各种各样的草药祸害！"

救护车缓缓地穿过草地，开上了公路。它是闪着警灯鸣着警笛来的，但是开走时安安静静的，我想这大概意味着爸爸的情况并不严重，也不紧急。

妈妈和他一起上了救护车。

她用一种奇怪而僵硬的表情看着我。

"待在这儿，"她说，"我会打电话的。"

然后车门关上，救护车开走了。

爱莎姨妈把手放在我的肩膀上。

"没关系，"她说，"他会好起来的。"

我点了点头。

"但是，爱莎姨妈……"

"怎么？"

"一个人不会仅仅因为被水蛭咬了几下就昏倒吧。"在爸爸的胸部和手臂上，有几处又大又圆的柱状痕迹，和卡赫拉腿上的那些一样。他至少被咬了五次，所以可能不止一只水蛭。

"不，"爱莎姨妈说，"大多数时候甚至都不会注意到被咬，水蛭会分泌一种使皮肤麻木的物质。"她环顾四周沉思了一会儿，又接着说，"再说，这儿根本不应该有水蛭。它们生活在池塘、湖泊和湿地中，而这块草地并不潮湿。"

"也许我爸爸从一个潮湿的地方走过？"

"也许吧。"

但我从她的眼神中可以看出，这并不是事情的全部。这件事远不止这些。

"也许卡赫拉也是在你家附近被咬的，而不是在家里。"我试着说。

"看起来可能是这样。"

她闭上眼睛，就像刚才通过荒野游离寻找爸爸时那样，但这次是为了更好地利用她的荒野感知。这是她教给我的第一项技能。

"你在找什么？"我问。

"那只水蛭。"她咕哝着，没有睁开眼睛。

好吧，我想，我也可以这样做。我闭上眼睛，然后用手捂住耳朵。最好的状态是尽可能地排除其他感官的干扰，我需要尽可能多的帮助。

这地方充满了生机。在大地上，在树叶下，在树梢上，在天空中，在蕨类植物中，我能以一种奇怪而亲密的方式感觉到奥斯卡就在我身边。他和我有血液关系，就像小狸和我一样。这源于我们编出来的一个愚蠢的游戏——好吧，是奥斯卡编出来的———天下午，我们无聊了，他认为我们需要一点儿刺激。但不管那傻不傻，我们就那么做了——将一点儿他的血和一点儿我的血混在一起。在荒野世界，这很重要。

但我现在要找的不是奥斯卡。

水蛭的体内有爸爸的血液，我是他的女儿。我可以沿着这条"路"走下去，它就像一条精致的红色小路，一条生命和血液的细丝，纤弱得像蛛网。找到了！

我睁开眼睛，向右走了三步，在蕨类植物周围翻找着，它就在那儿。我要做的不过是把它捡起来。

"在这里。"说着我把那只水蛭拿到爱莎姨妈跟前。

她睁开了眼睛。

"你找到了它，"她说，"干得好，小女巫！"

我看得出她既高兴又惊讶，她还不习惯我在没有得到鼓励的情况下尝试新事物或学习新技能。我不得不承认，自己很少使用荒野魔法，除非别无选择。或许我只是以前那样罢了，在我的豆蔻之夜之前。

爱莎姨妈从口袋里拿出一个麻布袋子，那是用来采集草药的。用她的话说，一个人永远预想不到自己会发现什么，最好的东西经常在不经意间出现。她把袋子从底部翻过来，把它当作手套用，然后从我手里拿走了水蛭。

"嗯，"她说，"这可不是普通的水蛭，我要回家去查查看。"她把水蛭装进袋子里，收紧了开口处的绳子，这样它就逃不掉了。

回到爱莎姨妈家，我们一边等待医院的消息，一边忙着研究水蛭。我不确定爱莎姨妈这么安排是因为她认为这很重要，还是为了分散我对爸爸病情的注意力。爱莎姨妈把水蛭放进厨房桌子中间一个装满水的玻璃罐里。什么也不是帮助我们找到了所有关于水蛭的参考书，然后奥斯卡、什么也不是、爱莎姨妈和我一起坐下来，每人一本，开始翻看。

水蛭被困在瓶子里，仍然活着。它的一端吸在玻璃上，另一端则不停地蠕动着，四处探查。它有手指大小，身体大部分呈深棕色，体侧有一条鲜艳的黄色条纹。如果仔细观察，可以看到它的身体里有一副环形骨架。

"是这个吗？"奥斯卡指着一张棕色水蛭的照片让我们看，它的体侧有一道条纹。我们看了看照片，又看了看我们的水蛭。

"是很像，"爱莎姨妈说，"但不是这个。我们这只的条纹比那个宽，节环也比那个多。"

于是我们继续寻找。

最后，妈妈终于打来了电话。通过我的斯塔丰，她的声音听起来非常清晰。

"他会没事的。"她说，"他有点儿困惑，不太记得发生了什么事，而且他很累。医生认为他失血过多，但只要休息和多喝水，就没有大碍。"

失血过多……这可以说是我造成的，我感到一阵内疚。

"他什么时候可以回家？"我问。

"我们今晚就住在这里。医院有床位，我们都可以住下，让他可以继续接受检查，希望明天就能出院。"

"好吧。"

"克拉拉小宝贝，如果我的话听起来有点儿刺耳，我很抱歉。"

"没关系。"

她又害怕又担心，我也一样。

"我知道你和爱莎在一起很开心，"她说，"但请不要……"

"不要什么？"

"没什么，算了吧，你已经告诉我不要干涉你的荒野女巫生活。"她很受伤，我能听得出来。当妈妈生气的时候，我心里真的很难过。但总有些事情是我必须自己决定的，这就是其中之一。

"妈妈，事已至此……"

"不，"她说，"是你自己决定了让事情必须如此，而我必须学会接受它。"

她挂了电话。我拿着手机坐了一会儿，然后把它塞进口袋。

"你爸爸怎么样？"奥斯卡问。

"挺好的，医院要把他留一夜。"然后我想起奥斯卡的妈妈正在等他回家。我们昨晚给她打了电话，向她解释了那棵树造成的事故，并答应今天晚些时候回去，但那是在水蛭打乱我们的计划之前的事情。"奥斯卡，你呢？我们该送你回去了吧？我们可以走荒野之路。"

"我认为这将很难解释。"他说，"最好打电话告诉她我们为什么耽搁了，明天我会回去。"

我一句话没说就把手机递给他，他走进客厅拨通了电话。

"爱莎姨妈？"

"怎么了？"

"为什么弄清它是哪种水蛭这么重要？"

"因为我认为它很可能不属于这里。"爱莎姨妈说，"如果它确实不属于这里，那么就是有什么人或什么东西把它带来的。"

奥斯卡回来了，我还在琢磨爱莎姨妈的话。

"搞定了，"他说，"我可以待到明天了。"

"你妈妈生气吗？"我问。

他做了个鬼脸，"她更喜欢人们遵守诺言。"

"我想大多数律师都这样。"爱莎姨妈苦笑着说，"我们现在可以送你回去，这个没问题。"

"没事，她说还好，我认为这其实正合她意，因为她明天有一个重要的会议要准备。而且我在这里肯定过得更有趣。"

"如果我们不在这里呢？"爱莎姨妈说。

"呃……这是什么意思？"

"我在想，有一位荒野女巫，对水蛭几乎无所不知。

她家和乌鸦壶离得很近，也许我们去她那里一趟会有更多的收获。"

　　因为爸爸的事，我几乎忘记了我们原本计划和乌鸦之母讨论豆蔻之夜的事。

　　"你是说我能见到乌鸦之母？还有一个水蛭女巫？"奥斯卡满是雀斑的脸上露出了笑容，"太酷了！"

WILD WITCH

Chapter 12

第十二章

水蛭女巫的房子

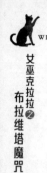

"成千上万的动物……"崖柏说,"我以前从没听说过。"

崖柏邀请我们去她的客厅,那是在乌鸦壶圆形的火山口壁上挖出的许多洞穴般的房间之一。光线有点儿暗,因为房子里只有一扇窗户,但这对崖柏来说无关紧要,她完全失明。第一次见到她时,我压根儿没想到。

崖柏是乌鸦之母的领头人,我第一次来到乌鸦壶时,就是她招待我们。那时候,她就像能看见东西一样行动自如,无须摸索,没有犹豫,因为她借用了一只乌鸦的眼睛。

可是后来那只乌鸦死了,死于奇美拉之手。崖柏在她成年并且能够通过乌鸦的眼睛感知世界之后,第一次"失明"了。她要花上一段时间,等一只在春天出生的雏鸟长到足够大时来帮助她。崖柏也可以用其他动物作为寄主来看东西,但那样她看到什么完全是随机的——如果她专门想找一只茶壶,估计办不到。

所以现在有个男孩儿在帮助她。他叫阿库斯,又矮又瘦,黑头发,非常害羞,几乎不敢看我们,他尤其怵爱莎姨妈。阿库斯给我们沏了茶,然后跑到乌鸦壶的面包房去拿小面包。

"阿库斯是个弃儿，"崖柏解释，"他被人从妈妈身边带走，关了起来，因为他不小心泄露了自己能和动物说话的秘密。但他逃离了那个大家都认为相当可怕的地方，通过鸟儿的帮助来自食其力。他是一个很有天赋的男孩儿，虽然只有八岁，也没有享受过无忧无虑的校园时光，但是他能流利地为我大声朗读。"

"他妈妈呢？"爱莎姨妈问，"她知道他在这儿吗？"

"是的。我们找到了她，她尽可能多地来看望他，但她说他在这里过得更好，我认为她是对的。在这里，阿库斯可以学习他需要的一切，没有人因为他能和鸟儿说话就叫他神经病。如果可以的话，我们希望他妈妈也搬到这里来，但是她说自己还没有准备好，至少现在还没有。"

从地板到天花板，客厅的三面墙都是摆满了书的书架，足以让阿库斯读上很多年。我试着想象自己因为碰巧生来就有荒野女巫的能力，而被称为神经病，然后被关起来的样子。也许我很幸运，妈妈知道荒野世界是真实存在的，尽管她不想和这事有任何关系。

"克拉拉，"崖柏说，"我可以摸摸你的额头吗？"

我以前这样试过几次，所以知道她为什么要问这个问题。我静静地站在她面前，她将指尖轻轻地落在我的额头上，开始哼唱一支微弱的荒野之歌。这样她就能看到我的豆蔻之夜发生的某些片段。

"值得注意的是，"她说，"一下子有这么多动物，它们怎么可能都需要你的帮助呢？"

"这正是我们想要知道的。"爱莎姨妈说，"我从没听说过一个年轻的荒野女巫被赋予如此复杂的任务。"

"维达斯·蓝喉被告知要去帮助一群蜜蜂，"崖柏说，"所以理论上来说，他要应付的动物比克拉拉还多，但那些动物的需求是一样的。克拉拉，你知道它们想让你做什么吗？"

我仔细想了想她的问题。

"它们想让我答应，"我回答，"但我不知道它们想让我答应什么。"

"有什么动物是领头的吗？"

"我想是的。有些动物比其他动物更接近我，有一只水獭、一只山猫、一头野牛，还有一只老鼠。"

崖柏笑了，"它们彼此可都非常不同。"

"是的。"

"有两只食肉动物，两只食草动物。最小的那只很小，最大的那只很大。它们有什么共同之处吗？"

"我不知道。"

"我也不知道。"她叹了口气，看起来有点儿沮丧，"你是一个非同寻常的荒野女巫，克拉拉·阿斯克。你遇到了非同寻常的问题。"

不知道为什么，我觉得这听起来可不像赞美。

"对不起。"我咕哝。

"为什么道歉？你就是你。成千上万的动物决定一起请求你的帮助，这不是你的错。"

我们告别了崖柏，出发去水蛭女巫的家。"离得很近"的意思是在乌鸦壶周围的森林里走大约半个小时的路程。有几只黑鸟在我们头顶盘旋，但是和以前住在乌鸦壶的乌鸦和白嘴鸦相比，它们根本算不了什么。乌鸦们的缺席让我很难过。

"有的东西消失了，不是吗？"我问爱莎姨妈。

"是的，"爱莎姨妈说，"损失了这么多。我不知道我们能否把失去的找回来。"

如果崖柏还拥有她的乌鸦，她能给我们更多的帮助吗？我不知道。乌鸦壶曾经是每个荒野巫师都可以寻求正义的地方，是当荒野世界面临严重危险时，可以得到帮助和建议的地方。现在不再是这样了。

"现在崖柏不是唯一失明的人。"我说。

爱莎姨妈叹了一口气，"确实，很遗憾，现在其实我们都失明了。"

小路变得越来越潮湿，越来越泥泞，我意识到一个对水蛭感兴趣的荒野女巫可能就想住在它们附近。我很庆幸自己是穿着靴子和裤子来的，这儿可不是一个有人会愿意穿着短裤到处跑的地方。

土壤是黑色的，有一种酸酸的味道。树干和倒下来的树枝上密密麻麻地长着绿油油的苔藓，我能看见一片片亮晶晶的水洼，中间是高高的草丛。要是在夏天，这里可能会有鲜花、树叶和阳光，但现在周围的颜色大多是黑色、棕色和青苔的绿色。在一些地方，铺着芦苇编成的垫子，看上去比较坚实，但当从上面走过时，我仍然能听到让人不舒服的声音。

"它在那儿！"奥斯卡突然喊道，"哇，那太酷了！"

我不知道自己期待的是什么，但肯定不是这个——一栋房子被漆成各种均匀的浅色，有淡黄色、薄荷绿和霜粉色。它们看起来更像蛋糕上的糖霜，而不是房子的油漆。这栋房子在棕色和黑色的背景中脱颖而出，就像闪烁的信号灯，让我不禁想到姜饼屋和那种应该住在里面的巫婆。

它坐落在一个绿色小岛的中间，高出地面约一米，架在粗粗的红色柱子上。难道岛上有时会淹水？一座红色的小桥架在黑水之上，有一扇门挡在桥的尽头，但一个大牌子上写着"欢迎光临！门没锁！"。我真不明白，这门到底有什么存在的意义。

大门旁边的链子上有一个铃铛，爱莎姨妈拉响了几声。

"进来！"一个低沉的、听起来不像是女巫的声音从"姜饼屋"的一扇敞开的窗户里传出来，"你不认识字吗？"

爱莎姨妈皱了皱眉，但什么也没说。

"她不太有礼貌，是不是？"奥斯卡低声说。

"嘘！"我的声音也很低。

爱莎姨妈打开大门，我们沿着花园小径走到粉红色的门前，没有敲门，径直走了进去。在爱莎姨妈拉响门铃

却得到粗暴的回应之后，我们觉得不妨如此。

房子内部也同样色彩鲜艳——地板是天蓝色的，木墙板是白色、粉色和淡黄色条纹相间的，保持着糖霜一般的外观。还有白色的柳条家具，上面放着鲜艳夺目的丝绸靠垫，靠垫上有格子和点状的花纹。天花板上挂着一串彩色玻璃茶灯。墙上挂着几张小狗小猫的画，颜色完全是超现实的。在两根蜡烛之间的架子上，有一个心形的银相框，里面放着一个小女孩儿的照片。这个房间里看不见一只水蛭。在客厅的咖啡桌旁，有一个……呃，我突然想到了一个词：蛙人。

他的头上没有一根头发，眼睛非常凸出，看起来不太像人类。嘴占据了他的下半张脸，形状像是一个很大的伤口，根本看不出嘴唇。他的皮肤非常光滑，是青橄榄色的，脖子上和秃头上散布着一些褐色的斑点。如果有公主试着吻这只"青蛙"，那她一定是判断错了，因为他离王子的标准起码还差着十万八千里。他那整洁的黑色西装和灰色的领结，与周围鲜艳的色彩形成了鲜明的对比。

很快，我就明白他为什么脾气不好了。他坐在一把老式的柳条轮椅上，倚着一个高高的靠背，腿上盖着一块灰白格毯子。他显然不能站起来，为不速之客打开房门和花园大门。

"你们想要干什么？"他问，"阿里西亚并不在这里。"

我想，他的眼睛是最吸引人的地方。那金棕色的眼睛在那张冷酷的、不近人情的脸上显得出奇地温暖。

"哦，真可惜，"爱莎姨妈说，"我们给她带来了一只水蛭，希望她能认出它来。我们以前从未见过这样的东西。我叫爱莎·阿斯克，这是我的外甥女克拉拉和她的朋友奥斯卡。"

"啊哈，"他说，然后不情愿地补充道，"我叫弗雷德里克，是阿里西亚的房客。"

"你知道她什么时候回来吗？"我问。

"不知道，这位女士想什么时候出现就什么时候出现。"他说，"她已经离开好几天了，我甚至没有收到任何消息或道歉。"

他面前的桌子上摆着一副玩儿了一半的扑克牌，扑克牌看起来也很破旧。

"你住在这里很久了吗？"奥斯卡问。

"年轻人，这跟你有什么关系？"弗雷德里克怒视着他说。

"呃，我只是问问而已。"奥斯卡尴尬地回答。

那张大嘴巴简直是一条又长又平的线，没有一丝笑意。

"令人作呕。要是可以，我都要吐了。"弗雷德里克说。

爱莎姨妈看了他一会儿。

"对不起，"她说，"但我看得出你不舒服。你介意我帮你吗？"

他生气地抬头看着爱莎姨妈说："女士，我可不是什么让你操心的受伤的小动物。"

"不是这个意思。既然你是阿里西亚的房客，你可能知道荒野巫师有时能帮助别人。"

"这正是阿里西亚女士所声称的，也是我花了一笔小钱住在这幢庸俗的糖果房子里的原因。但到目前为止，我的病情几乎没有任何改善，而且副作用也很奇怪。好吧，如果没有别的事了，那么……"他指着桌子上的牌，"我还有事呢。"

"你知道她在哪儿吗？"

"我又不是她的私人秘书！"他从一堆牌里翻出一张盯着看，然后把它放进另一堆牌里。在我看来，他赢的可能性不大。

"那么，很抱歉打扰你了。"

我们转身要走时，他决定帮助我们了。

"韦斯特马克。"他说，"她以为我不知道，但我看到她在看荒野之路地图。那个女人是我见过的最不谨慎的人。"他伸出一根长长的绿色手指，指着旁边桌子上的一堆文件。我忍不住偷偷瞄了一眼。

在这堆东西上面有一张荒野之路的地图，其中一个地名上标注了一个大大的圆圈——那是韦斯特马克，珊妮娅的家。我想知道水蛭女巫去那里干什么，这能解释为什么珊妮娅没有来我的生日聚会吗？

WILD WITCH

Chapter 13

第十三章

电闪雷鸣

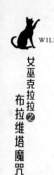
我试着给妈妈打电话，但电话直接转到语音信箱。

"您现在拨打的是自由记者米拉·阿斯克的电话，抱歉我现在不能接听您的电话……"

如果妈妈关机了，那么我拥有世界上最酷的手机又有什么意义呢？然后，我想起大多数医院都有关于手机的规定，也许她不得不关掉手机。我决定给她发短信，但除了"事情进展如何？"以外，也想不出别的话说。我一直没能问出这些问题：爸爸怎么样了？他又醒过来了吗？他还能记得发生了什么事吗？他为什么离车那么远？他是怎么被罕见而令人讨厌的水蛭咬伤的？反正我心里这类问题一个又一个。我叹了一口气，然后发了一条傻里傻气的短信。这总比什么都不问好，至少她知道我在想着她和爸爸。

"现在怎么办？"我问。

"我们当然要去韦斯特马克。"奥斯卡说，"一举两得，我们会找到那位水蛭女巫，还有珊妮娅，问问她为什么昨天没有出现。"

我突然不确定自己是否想"一举两得"。一旦安静下来想一想，寻找水蛭女巫似乎是一件相当可怕的事情，总让我想起奇美拉。

"这是不是意味着我们得一路走回乌鸦壶？"我说。

"我想也许能找到一条离我们近一点儿的荒野之路，"爱莎姨妈说，"如果你确定了我们要去的地方。"

"我想是的，"我说，"奥斯卡是对的，如果我们不这样做，那完全是在浪费时间。"

韦斯特马克的上空非常阴沉，这不仅因为现在是傍晚，更重要的是乌云遮住了海面，遮蔽了阳光。四只海燕在悬崖上的气流中盘旋，小小的黑影在海鸥中间飞来飞去，活像那些不知天高地厚的麻雀在嘲弄一只老鹰。

它们离海岸这么近，就天气来说可不是个好兆头。

"暴风雨就要来了，"我说，"会打雷吗？"

我刚说完这句话，远处就传来隆隆的巨响。

"并不奇怪，"爱莎姨妈说着露出一个微笑，"来吧，我们找个避雨的地方。"

天已经开始下雨了，豆大的雨滴打在我的外套上，转眼就变成了硬币大小的斑点。

韦斯特马克是建在一片废墟上的、摇摇欲坠的城堡，现在它只剩一堵花园墙，但比寻常的花园墙要厚得多。铰链生锈的铁门被爱莎姨妈推开时发出吱吱声，与此同时，我们头顶上响起了更尖锐的叫声。

"叽叽叽叽！"——是珊妮娅的红隼基蒂，它像战机一样俯冲下来，让人感觉有点儿害怕，但我认为这是它打招呼的方式。

门打开了，但开门的不是珊妮娅，而是一个丰满得多的女人。她的头发被一条花围巾遮住了一部分，糖果色的宽松裙子在风中飘动，像一面杂糅着蓝色、薄荷色和粉色的旗子，所以我相当肯定她就是阿里西亚。她的穿着和她的房子是同样的蛋糕糖霜的颜色。

"进来，进来，"她催促我们，"在暴风雨来临之前进来！"

我们匆匆忙忙走上前。走近她时，我看到她围巾下面露出的头发是蜂蜜色的，她有一双会微笑的眼睛和一张和善的圆脸。

"爱莎！"她的声音听起来很兴奋，"我不知道你是否记得我，但我记得你。我是阿里西亚，你还认得我吗？"

"当然，"爱莎姨妈说，"很高兴再次见到你。"

"你一定是克拉拉！"阿里西亚语调明快地说，表达出"见到你真是太棒了"的情绪。

我对她报以微笑——对她真的很难不笑。

"你是谁？我不认识你。"这是她对奥斯卡说的。

"他是我的朋友奥斯卡。"我说，"他来参加我的生日聚会，只是发生了那么多事情，我们还没来得及把他送回家。"我毫不掩饰地脱口而出，因为阿里西亚身上的某些东西会让人不由自主地想告诉她更多的事情。

"哦，对了，你的生日。祝贺你，亲爱的，豆蔻之夜是个大日子！珊妮娅很遗憾错过了这个，但她感觉不是很好，可怜的小乖乖。"

"哦，谢谢你。她怎么了？"和一个完全陌生的人聊天感觉有点儿奇怪，何况她还叫我亲爱的，好像我们已经认识好久了。但话说回来，她真的很友好。我的意思是，她看上去那么热情友好，让我难以理解她是如何忍受家里那位可怜的老弗雷德里克的。

"嗯，你看，这就是我来这里的原因，她被水蛭咬了。"

水蛭？就像卡赫拉和我爸爸吗？那些水蛭是怎么回事？

"咔啦啦啦啦……"

一声霹雳从我们头顶上方传来，震得玻璃窗和墙壁都打战，紧接着又是一道闪电。那光线太亮了，我不得不闭上了眼睛。

"现在请进来吧，"阿里西亚再次说，"这都变天了，我们为什么还站在外面聊天？"

就像闪电把云劈成了两半似的，一分钟前，雨点还在零星地下，很快，大雨瓢泼而下。

我们三个赶紧冲进了门，阿里西亚使劲地把门关上，挡住了暴风雨。即便如此，那短短的几秒钟也足以让我的头发湿透并紧贴着我的脸，雨水顺着我的脖子和衣领流了下来。

"是什么样的水蛭咬了珊妮娅？"爱莎姨妈急切地问。

"嗯，这很有趣。"阿里西亚说，"我以为自己认识野外的每一只水蛭，但从来没见过这种。"

我的脊梁一阵发寒，不仅仅是因为冰冷的雨水。

我从背包里拿出玻璃罐，给阿里西亚看里面关着的小动物，迫不及待地问："你知道这是什么品种吗？"

阿里西亚差不多只看了一眼那只肥大的水蛭。

"是的，"她惊奇地睁大眼睛说，"你从哪儿弄来的？"

阿里西亚把我们领进了那间又大又旧的厨房，给我们烧水沏茶，还拿来一些干毛巾，但不知怎么搞的，毛巾有点儿发霉的味道。

"你们很容易着凉的。"她说着，顺手从面包箱里拿出面包，又从储藏室里拿出果酱，"再来点儿汤怎么样？你们想喝点儿汤吗？"

"好的，如果这不是太麻烦的话。"爱莎姨妈说，"但我想先看看珊妮娅。"

"她睡着了，可怜的小乖乖。最好别吵醒她，她一醒来就会下楼的。汤是早就准备好的，我给珊妮娅做的，我想还热着呢。"她打开一个大锅的盖子，里面装的汤差不多够一支军队喝的。"所以，你们先坐下来，歇歇脚。我正在为那只鸟准备晚餐。"她拿出一碗带着血腥味儿的碎肉——大概是给基蒂吃的，然后消失在门外。我猜她是要去珊妮娅的房间。珊妮娅病了，基蒂现在不可能在别处。

汤又香又浓，里面放了很多蔬菜。喝完汤后，我们都暖和了起来。外面雷声隆隆，老房子里的灯随着每一声雷鸣闪烁不定。

"这就像恐怖电影里的情节，"奥斯卡说，"现在随时都会有僵尸推开窗户，想要进来吃掉我们的大脑。"

"闭嘴吧，你绝对是玩儿电子游戏着魔了，"我说，"僵尸不是真的。你说对吧，爱莎姨妈？"

爱莎姨妈捋了捋耳朵后面的湿头发。"这取决于你所说的僵尸是什么意思。"她平静而真诚地说，仿佛我们在讨论某种奇异的动物。

她为什么不直接说不呢？那样会更让人安心。奥斯卡抬起头来，兴奋地、雀跃地咧嘴笑着，当然，他开始问专家了。

"半腐烂的尸体会从坟墓里爬出来吃活人，"他说，"就是那种僵尸，这是真的吗？"

"我从来没听说过这样的事。"爱莎姨妈说，"僵尸往往相当平静——可怜而困惑的灵魂深受毒药和巫术的影响，它们甚至都不知道自己是死是活。你肯定会为它们感到难过，不过你应该害怕的是制造僵尸的人。"她吹了吹手里的那勺汤。

"有人想要复活。"我低声说，就像奥斯卡说的，为了"从坟墓里爬出来"活下去而窃取生命。奇美拉死了，吉米的灵魂自由了。但是现在发生了什么，又有饥饿者想要复活了？

"咔啦啦啦啦……"

又一阵轰隆的雷声震动了房子，灯光消失了几秒钟后重新亮了起来，忽明忽暗的，好像它不知道自己是否受欢迎似的。

"我认为最好点燃蜡烛，"爱莎姨妈说，"看来电力随时可能耗尽。"

奥斯卡靠向我，用一种扭曲的僵尸声音低声说："脑……子……我要脑……子……"

"哦，闭嘴！"

阿里西亚回来了，把空碗放到水池里，基蒂已经把肉和汤吃得一干二净。

"多糟的天气！"她说，"如果雨不能很快停下来，你们最好留下来过夜。然后，明天早上就可以见到珊妮娅了。"

"她还睡着吗？"我问。

"是的，她的确睡着呢。这可能是我的错。我给了她一点儿自制的万能药，那对睡个好觉很有帮助。"她指着放在厨房桌子上装着水蛭的玻璃罐说，"你们喂它了吗？"

"没，"爱莎姨妈冷淡地说，"我们真的对它没兴趣。"

"这不过是另一种荒野生物。"阿里西亚说，听起来有些责备的意思，"而且还是一个既有用又有趣的家伙！"

她拧开盖子，熟练地取出水蛭，毫不犹豫地把它放在自己的前臂上。水蛭立即附着在那里，开始吸血。

"太酷了。"奥斯卡说，"不疼吗？"

"一点儿也不。相反，"我想她的微笑不仅是冲着奥斯卡，也冲着那只饥饿的水蛭，"它首先会让我麻木。水蛭是一种很迷你的活药房，它不仅能消除疼痛，还能使血液不凝固，持续流动。在世界各地，这种药已经有几千年的历史了，至今仍在使用——即使是那些自命不凡的医生，也不得不感叹它的神奇。就这样吧，我的小朋友，这就够了……"她用纤巧的食指摸了几下水蛭，然后向它哼了几声，水蛭好像受过训练一样，马上松开了吸盘。阿里西亚慢慢地把它放回玻璃罐里，她的手臂上有一点儿血，她又吟唱了几声长音，抚摸了几下皮肤，血就不流了。这水蛭和我从爸爸身上扯下时的样子完全不一样了。"这只水蛭显然是药用水蛭。"她说。

"但如果它对我们有那么多好处，"我说，"那为什么珊妮娅生病了呢？你不怕生病吗？"

她看上去有点儿惊讶，仿佛这个念头从来没有闪过她的脑海。

"被水蛭叮咬当然会感染，就像其他伤口一样。如果它们从生病的人或动物身上吸过血，就会传播疾病，但这种情况很少发生。"她说，"我很健康，亲爱的，我从来没因此生过病，不要为我担心。"

我想起了我的爸爸，他躺在草地上失去了知觉，他完全不知道到底发生了什么。

"它能让你昏倒吗？"我问。

"不能，亲爱的，小小的水蛭的一次叮咬可做不到。"

"但如果是几只呢，比如四五只？"

她摇了摇头，"那也不行。你想自己试试吗？现在它已经很饱了，所以只需要几滴血。"

她把手伸进罐子里，又把水蛭捞了出来，但我本能地往回缩了缩，我想离它越远越好。

"嗯，不要，谢谢。我真的不喜欢这个。"

"不要？你确定吗？这对于一个荒野女巫来说是非常有用的。"

"我来试试！"奥斯卡伸出胳膊说，"我从来没试过！"

我也没有，但我扛得住诱惑。我从来没有被蜘蛛或蛇咬过，但这并没有让我想去"尝试"一下！奥斯卡这听起来像是要体验一次新的过山车之旅。

阿里西亚看着奥斯卡伸出的胳膊，有点儿吃惊。

"很好，我的朋友，不过这还得看看它是否愿意。"

"不，奥斯卡，别那么干！"我阻止道。

"这是完全安全的。"阿里西亚说。

"就算是安全的，"我说，"可是你回家后怎么向你妈妈解释水蛭咬的痕迹呢？"

奥斯卡迅速地收起胳膊，"哦，这个我倒是忘了。"

愤怒的闪电把厨房里的一切都映成了黑白色，就像一张旧照片似的。雷鸣的巨响几乎同时袭来，这一次灯光闪烁的时间更长了。

"你们喝茶吧。"阿里西亚说，"我去给你们拿些被褥，今晚哪儿也别去了。"

爱莎姨妈看起来好像要说些什么，也许她觉得这个决定应该由我们自己做。但她还没来得及反驳，又闪过一道闪电，紧接着一声雷鸣，这回灯彻底灭了。

"看来我们最好找些蜡烛。"爱莎姨妈说。

阿里西亚在塔楼的一个房间里为我铺了一张床，如果能把那些圆角凸起的建筑叫作塔楼的话——事实上它们还不够高。雨点打在玻璃窗上，暴风雨肆虐，树木吱嘎作响。我累坏了，非常想好好休息一晚上。但是雷声有点儿吓人，每次闪电一闪，房间里的影子就会变得又黑又恐怖，我都会吓一跳。

咔嗒一声，门开了——轻轻地，小心地，好像来人不想被人发现。

"谁啊？"我说，声音低得勉强能被听见。

"是我，亲爱的，"阿里西亚说着把门完全打开，她手上拿着一个冒着热气的杯子，"如果你睡着了，我可不想吵醒你。"

"我还没睡着呢。"

"是啊，我看出来了。雷声和闪电对最勇敢的人来说也是很可怕的。但我在想，也许一杯热可可能让你高兴起来。"她说这话时，仿佛这是我们的小秘密。

当然，她对我很好，但我肚子里已经有汤和茶在晃荡了，我什么也不想再喝了，只是想不出一种礼貌的方式说"不"。

"哦，谢谢。"我说，主要是为了不伤害她的感情。

她走了进来，把杯子放在床头柜上，坐在我的床边。

"你的豆蔻之夜怎么样，亲爱的？"她拍了拍我的手，"感觉兴奋吗？"

这个问题使我感到内疚。所有那些动物，所有那些眼睛……我答应过要帮忙，但发生了这么多事情，我还没来得及弄清楚一切都是怎么回事。

　　"很好。"我说着，像个乖女孩儿一样喝着可可，但真的希望她能离开。不是因为她不友好——事实上，她非常友好——而是因为我认为和水蛭做朋友很恶心，而且很难不去想，现在她用来拍我的这只手也喜欢抚摸水蛭。这就像有几次我遇到了什么人，他想成为我的朋友，我却不想成为他的朋友——这让我感到有些尴尬和内疚，可我还是希望阿里西亚赶紧离开。

　　然而她却并不急于离开——她似乎拥有世上所有的时间。

　　"你遇到了什么动物？"

　　"有好多种。"我说。

　　"真的吗？这种情况时有发生。你害怕吗？"

　　"也不算害怕。"

　　她叹了口气。"嗯，我认为荒野世界的孩子们成长得太快了。"突然，她伤感起来，我甚至为想让她离开而感到更加内疚了。也许她很孤独，我的意思是，她和水蛭肯定没太多话可说。

　　"你有孩子吗？"我问。

　　"有一个，我有一个女儿……可她在你这个年纪就消失了。"

　　"听到这个消息我很难过。"

我记得她家那个银相框里的照片：一个金发女孩儿，像阿里西亚一样，眼睛是棕色的。那一定是阿里西亚失踪的女儿。

然后有几个词突然在我的脑子里蹦了出来：豆蔻之夜、金黄色的头发、棕色的眼睛。接着是妈妈的话："她的名字叫莉娅，她的母亲也是一个荒野女巫，但莉娅不确定自己是否想成为一个荒野女巫。她是一个温柔的女孩儿，有时有些不安，但有她自己勇敢的方式。我们总是黏在一起，所以从来没有人取笑过我们。她的眼睛和你一样是棕色的，发色金黄……"

是她吗？如果是这样，她并没有消失，而是被吃掉了，被她帮助过的动物吃掉了。

我让她想起莉娅了吗？这就是她坐在这里抚摸我的手的原因吗？我不想问。我又喝了一点儿可可，拘谨地笑了笑。

"谢谢，"我说，"现在我不再害怕了。"

"我很高兴，"说着她又拍了拍我的手，"睡个好觉，亲爱的。"

只要韦斯特马克还在电闪雷鸣，我就无法入睡。但我的眼睑变得沉重，事实上，我全身都越来越重，直到最后我终于睡着了。

当我醒来时，我都不记得自己在哪里了。

我没有完全清醒，感觉自己的身体好像在睡眠中增加了二三十公斤。盖在身上的羽绒被就像一袋潮湿的水泥，牢牢把我压到床垫上。直到听到远处隆隆的雷声，我才想起了暴风雨、韦斯特马克、阿里西亚和水蛭。

我摸索着找到电灯开关，按下后什么也没发生——这房子里古老的电路似乎已经放弃了与暴风雨进行实力悬殊的搏斗。

我知道床边的抽屉柜里有蜡烛、烛台和火柴，忙伸手去摸，却差点儿把杯子打翻。

最后，我找到了火柴，点燃了蜡烛。就在那时，我发现了它，或者更确切地说，是发现了它们——

我的手臂上有五个圆形的痕迹，几乎呈直线排列。在那痕迹之内，我可以清楚地看到水蛭留下的小小的Y字形咬痕。

WILD WITCH

Chapter 14
第十四章
布拉维塔苏醒

"呸！"我揉了揉胳膊，好像这样就能把伤口擦掉似的。恶心恶心恶心……我是怎么弄伤的？

一定是阿里西亚，肯定错不了。除非我梦游最后掉进了一片沼泽——这是不可能的，所以肯定是她干的。我居然还为她感到难过，喝了她的可可，让她拍我的手……真恶心。

也许这就解释了为什么我感觉所有的东西都这么沉重，羽绒被、我的胳膊、我的腿……

如果真是她做的，她为什么要这么做？我没有生病，我不需要用水蛭治疗。

我挣扎着从床上爬起来。此时此刻，我必须找到爱莎姨妈，但她的房间在哪里？

我诅咒韦斯特马克，这又老又大的破房子，大得能装下一整支军队；我诅咒阿里西亚，她坚持说一人一间房，铺床不麻烦，她是故意这样安排的吗？好让我一个人待着，使她有机会把那恶心的水蛭放在我身上。

我摇摇晃晃地踩着地板走到门口。我告诉自己，我完全能走路。我的腿可能比平时沉重，但我能做到！当意识到走廊有多黑时，我决定回去取烛台。幸运的是，每走一步，我的腿似乎就灵活了一些。

"爱莎姨妈？"我声音很低，不想提高嗓门儿，以防被阿里西亚听到，我现在不想碰见她。"爱莎姨妈——"

没有人回答，爱莎姨妈没有，幸运的是，阿里西亚也没有。我赤着脚，踮着脚尖沿着过道走，一直走到隔壁房间，在门边听了听。我马上就认出了那响亮的鼾声——是奥斯卡。

我跑进去走到床前。奥斯卡平躺着，嘴巴张着，像往常一样睡得很香。

"奥斯卡！"我摇了摇他。

"嗯呢咪吗……"他呓语着，不管说的是什么，都没有任何意义。

他的床头柜上也有一杯可可。不像我这么清醒，他简直烂"醉"如泥。奥斯卡平时也总是睡得死沉死沉，这是不假，但我开始有一种很不好的感觉了。我抓住他的右臂，把蜡烛举得很近，以便更仔细地查看——没有 Y 字形咬痕。嗯，这很好，虽然奥斯卡可能会认为被水蛭叮咬"太酷了"，并抱怨自己没有醒过来。

我又摇了摇他，他似乎清醒了一点儿。

"肿么了？"他说。我猜他的意思是"怎么了？"。

"看，"说着我伸出胳膊，"我被咬了！"

他眨了眨眼睛，虽然眼睛眯成一条缝，但好歹终于醒了。

"酷！"他咕哝着，又闭上了眼睛，"对你有好处……"

"没有。不，真的不是。我不想这样，这是阿里西亚干的，肯定是，她让那些家伙咬我！"

"她……为什么……这么……干？"他的声音听起来仍然很不清醒，但眼睛又睁开了一道小缝。

"我怎么知道？"她很恶心，也许她只是喜欢看水蛭咬人？我记得她悲伤的表情，当时她的手拍着我的手。"也许她有个奇怪的计划想绑架我。"

在我的脑海里，正放映一部恐怖电影：阿里西亚给我穿上她死去的女儿的衣服，假装我是莉娅，她还一直叫我"亲爱的"。

"为什么？"奥斯卡又说了一遍，这回说得更清楚了，"我是说，她为什么要这样做？"

"那个女人疯了，她不需要理由。我一分钟也不想在这里多待了。我们得赶紧找到爱莎姨妈，离开这里。"

"那珊妮娅呢？"

他说得有道理。如果阿里西亚真的疯了，她什么事都干得出来，那珊妮娅怎么办？

"好吧，"我说，"我们先找到珊妮娅。至少，我们要知道她的房间在哪儿。"

奥斯卡花了很长时间才穿上套头衫和鞋子。我低头看了看自己的光脚，不知道是否应该赶紧回去拿靴子，同时因为担心而感到急迫和不耐烦。我们得走了，向前——不要后退。

当我打开珊妮娅卧室的门，一阵冰冷的风吹灭了蜡

烛。面向大海的大窗户敞开着，每次风吹进来，都带进雨点落在地板上。珊妮娅躺在一张四柱床上，大部分床单已经滑到潮湿的地板上。

我没法儿重新点燃蜡烛，因为我蠢得没有带火柴。这时月亮从厚厚的云层里露出一小点儿，透过开着的窗子照进来的蓝光已经足够亮，我们至少可以看到房间的一部分了。

"关上窗户。"我对奥斯卡说。

壁炉台上有一个打火机，是那种有开关按钮和长长尖嘴的打火机，这样点火时不会伤到手指。我用它重新点燃了手里的蜡烛。

"珊妮娅！"我喊着，没指望她会回答，我以为她至少会和奥斯卡一样难以唤醒。

"艾比姑妈？"她用一种近似孩子气的虚弱声音嘟囔着。

"是克拉拉和奥斯卡。"我说。珊妮娅的姑妈艾比盖尔已经死了好多年了，她曾经照顾过失去了父母的珊妮娅。珊妮娅呼唤着她的姑妈，好像姑妈还活着一样，这似乎不是什么好兆头。但随后她半坐起来，用比平时更黑的眼睛看着我们。

"克拉拉，"她说，"对不起，我正在做梦。"她的声音听起来很悲伤，好像醒来让她很痛苦。"你们在这儿干什么？我很抱歉没能去你的豆蔻之夜，但是我……"她突然摇了摇头，"我有点儿不对劲。我觉得很奇怪，我一直在睡觉……"

"如果总是在暴风雨中开着窗户睡觉，当然会生病。"奥斯卡说。

"我必须把它打开，这样基蒂才能进出。但是……基蒂，它在哪儿呢？在外面吗？"

我们三个人都看向壁炉旁的架子。栖木上没有那只红隼，但地板上有一个小小的带羽毛的身体。

"不！"珊妮娅大喊。我很能理解她，我的心也几乎停止跳动。就在几个月前，珊妮娅失去了她原来的荒野伙伴——雪貂埃尔弗里达，它被奇美拉杀死了。

珊妮娅跳下床，摇摇晃晃地蹲下，跪倒在红隼身旁。她把它抱起来，搂在胸前。

"它……"奥斯卡欲言又止，但我知道他想问什么。

但珊妮娅摇了摇头。

"没有，它还活着，它睡着了。但是它为什么不醒过来呢？为什么？"她朝基蒂躺过的地板望了望。

一只熟睡的红隼从栖木上摔下来了都没醒，难怪奥斯卡担心基蒂死了。

然后，我想起了那碗血淋淋的碎肉，那是阿里西亚为基蒂准备的。我很确定红隼不喝热可可。

"是阿里西亚。"我说，我坚信自己的判断是对的，"我想她给这里的每个人都下了药。"

"阿里西亚？"珊妮娅很困惑，"她为什么要那样做？她只是来帮忙的……"

"你是这么想的。你什么时候叫她来的？"

"我并没有叫她。但是这里有那么多的动物被水蛭咬了，它们很不舒服，所以我让基蒂给乌鸦之母们送了个信儿。没过多久，我自己也被咬了。但幸运的是，阿里西亚出现了，帮了大忙。她说是乌鸦之母派她来的。"

"崖柏从来没说过这事。"而且如果知道阿里西亚跟珊妮娅在一起，崖柏肯定不会让我们去阿里西亚家里找她。崖柏就可以把我们直接送到韦斯特马克，省得我们穿越湿地。

珊妮娅难以置信地摇了摇头。

"克拉拉，你一定弄错了。我生病时阿里西亚一直在照顾我，她把一切都照顾好了……"

"是的，我肯定她是这么做的，"我说，"她照顾好了一切，所以她可以按照自己想要的方式得到一切。"

"可是你在指责她什么呢，克拉拉？而且为什么呢？"

我无法解释，只好举起胳膊，给她看我身上的咬痕。

"看，"我说，"我是在睡觉的时候被咬的。我想水蛭不会自己在屋子里游荡吧？据我所知，比起走路它们更擅长游泳。"

珊妮娅研究了一下咬痕。

"好吧，这太奇怪了。"她承认。

"你是哪儿被咬了？"

"我的腿，"她拉起睡裤给我看腿上的咬痕，"五个咬痕，和你的一模一样。"

我盯着珊妮娅的小腿，不是因为她苍白的皮肤上有黑色的咬痕，而是因为……

"珊妮娅，你身上原先有斑点吗？"她的腿上开始出现模糊的绿色斑点，这让我想起了什么。

"阿里西亚说，水蛭造成的发烧可能导致皮肤色素沉着的改变。"珊妮娅说。

"这不仅仅是皮肤色素沉着的改变，"我说，"如果你不小心，你最终会变得像弗雷德里克那样！"

"弗雷德里克？"珊妮娅正努力赶上我的思路。

"他看起来像只青蛙，"奥斯卡说，"他和阿里西亚住在一起，看上去就像只青蛙，或者说更像一只水蛭……"

想想看，我还曾经为阿里西亚不得不忍受可怜的老弗雷德里克而感到难过。怪不得他心情这么糟，房东太太要把他变成水蛭。

"但如果水蛭叮咬事件都是源于阿里西亚，"奥斯卡说，"那么这和卡赫拉还有你爸爸有什么关系？不可能是阿里西亚。"

我仔细考虑了一下。

"为什么不可能？"我说，"我们没有看到她，并不意味着她当时不在那里。"

"可如果她在这里……"

"她是在这里吗？"我问珊妮娅，"她昨天和前天一直都和你在一起吗？"

"我不知道，"她说，"我一直都在睡觉。"

"这么说她就可以做到了，"我坚持说，"她可以使用荒野之路，在卡赫拉家或者在卡赫拉去爱莎姨妈那儿的路上找到她。而卡赫拉在浓雾中什么也看不见，后来才会感觉到水蛭的叮咬。"

"那你爸爸呢？"奥斯卡反对，"他一定能看见她吧？她并不是那种让人过眼即忘的人，而且你爸爸被咬的时候，周围也没有能让她隐藏的迷雾。"

我找到爸爸的时候，他说过，"颜色，到处都是颜色。为什么一切都变红了？"

"也许他确实见过她，"我说，"这就解释了为什么他一直在抱怨颜色——我爸爸在她动手之前就瞥见了她。"她可以为所欲为，一个荒野女巫可以对我爸爸这样毫无戒心的普通人做任何事情。也许她可以拧断他的生命之索，这很容易令人失去知觉，我曾看见奇美拉做过一次。"那些水蛭还能从哪儿来？除了她，我们还认识什么人养这种玩意儿吗？"

"没有。"奥斯卡承认，"但我还是不明白她为什么要这么做。"

"这个我们可以以后再研究。"我说，"珊妮娅，你能走吗？我的意思是，走远路。"

"我想可以的，"她说，我看得出她仍然不完全相信我的推断，"为什么？"

"因为我们需要找到爱莎姨妈，然后离开这里，在水蛭瘟疫要了我们的小命之前。"

"我觉得你过于戏剧化了。"珊妮娅说。

"为什么？你应该看看弗雷德里克。他走不动了，他的皮肤几乎全是水蛭色。阿里西亚本应该帮助他康复的，他给了她很多钱，但他的情况越来越糟，因为阿里西亚一直在'帮助'他。"

珊妮娅看着基蒂，可怜的小家伙仍然躺在她的手中昏睡。

"也许你是对的。"她说。

一阵狂风吹得天花板的横梁发出吱吱嘎嘎的响声，然后我们听到下面某处又是一声巨响，但这一次不是一声霹雳。

"这是前门砰的关上了，"珊妮娅说，"没人把它关好以防暴风雨吗？"

她走到窗前往外看，我跟着她。

一个被风吹过的身影——穿着衬裙，披着披肩，头巾的两端像风中的翅膀一样在摆动。那身影正沿着通向海滩的小路走着，一束火把掠过树林、小路和岩石。毫无疑问，那是阿里西亚，但她要去哪里？

"她正朝着山洞走去。"爱莎姨妈说，声音里没有一丝怀疑。

当我们带着关于叮咬和水蛭的故事冲进来时，爱莎姨妈已经醒了。她的可可还在床头柜上，碰也没碰过，她看起来也没有我们想象中那么惊讶。

"我有一种感觉,这里出了问题,"她说,"只是我不知道到底是什么。"

此时屋外,图图在阿里西亚的头顶上静静地盘旋,但阿里西亚并未注意到它。不过这解释了爱莎姨妈为什么会知道水蛭女巫要去哪里。

"她为什么要去那儿?"珊妮娅很好奇,"我不认为那里有水蛭。"

一种冰冷的感觉从我脖子后面冒了出来,一直延伸到脊椎,又从那里蔓延到我全身。

"不,"我说,"是没有水蛭,但有别的。"

坚硬的岩石熔化、沸腾,接连爆裂,爆炸后炽热的熔岩咝咝响着喷洒在洞穴的内壁上。

布拉维塔从囚牢里逃了出来。

我的梦,我的噩梦又回到了脑海中。每一滴熔化的岩石,每一声咝咝的响声,特别是囚徒那无限的、炽热的、不屈不挠的愤怒,像烈火一样冲过我的身体。我不知道看到的是过去、现在还是未来,我只知道这是真实的,绝不可能只是一个梦。

"布拉维塔……"我低声说,"她醒了……"

"你在说什么?"爱莎姨妈低声耳语,声音冰冷。

"她被困在下面,"我用一种根本不像我的声音说,"四百年了。她就在山洞下面,被困在凝固的岩石里。当初她和翠碧搏斗,最后两败俱伤。"我不得不停下来喘口气,但我确信我说的是对的,"她就是那个灵魂,她想复活，五滴合适的血就能打开关押她的囚牢。"

我低头看着自己的手臂，那五个圆形咬痕，当然，每只水蛭可以容纳的不仅仅是一滴血。

"你的吗？"爱莎姨妈说，"你的血？"

我深吸了一口气，然后点了点头。

"我的，或者更确切地说，翠碧的。"我一定和翠碧有血缘关系，可能就像奇美拉说的那样，"为什么是我的，而不是妈妈的或你的，我不知道。但是自从奇美拉第一次尝试用她的爪子抓伤我，一切都是为了这个——打开关押布拉维塔的囚牢。"

WILD WITCH

Chapter 15

第十五章

中心之血

"我们不会成功的，"珊妮娅气喘吁吁地说，"我太慢了！"

珊妮娅喘得厉害，很明显，她已经无法走得更快。风把雨水吹到我们脸上，我们四个人在几分钟内都湿透了。

"我们不能丢下你不管。"爱莎姨妈对珊妮娅大声嚷。只有这样，她的声音才能盖过树木在暴风雨中嘎吱作响的声音。"阿里西亚遥遥领先。我们这样可不行，得想办法，所以——抓住彼此的手，紧紧抓住。"

我抓住了奥斯卡的手，他抓住珊妮娅的手。

"荒野之路？"奥斯卡对我喊。

我点了点头。没有渐进的过渡，没有柔和的荒野之歌的吟唱，爱莎姨妈发出一声歌剧般的尖叫，尖锐的声音刺痛了我的耳膜。突然一阵颠簸，我发现自己已在大雾之中了。

又一次颠簸，突然间，其他人从我身边消失了。

一阵剧烈的疼痛感从我的右臂喷薄而出，仿佛那五个被水蛭咬出的伤口是五根又红又热的魔鬼手指。奥斯卡的手从我的手中挣脱，我抓不住他了。

暴风雨的声音渐渐消失了。这里很安静，一片雾蒙蒙的灰色，十分荒凉，只有我一个人。

我感到一阵恐慌，胸中有什么东西怦怦直跳——那大概是我的心。

独自一人在荒野之中，那真会要了小命的，特别是我这样一个只有十三岁、没有受过多少训练的荒野女巫，我根本无法找到自己的路。就连卡赫拉也需要她爸爸每天带着她去爱莎姨妈家上课。

我以前来过这里一次，如果不是小狸找到了我，我可能已经死了。

小狸。

"我们会再相见的，只要你真的需要我。"

那就现在出现吧！

"小狸！"

雾完全淹没了我的声音，没有回声。我有一种感觉，我的声音只传播了很短的距离。

"小狸……"我又叫了一声，"我是真的真的需要你……"

什么也没有发生。没有人回答，我一点儿也没有感觉到它在外面的某个地方，或者它听到了我的声音，正在赶来的路上。

它答应过会回来的，我不知道自己是更生气还是更害怕。"我现在得走了。"它说这话时，仿佛在内心深处并不想走，却别无选择。

我想象不出有什么人或者什么东西能强迫小狸做它

不想做的事情，但如果是有什么东西控制了小狸呢？如果它真的想要帮助我，却帮不了呢？

湿冷的寒气慢慢地侵入我的身体，充满了我的鼻腔和嘴巴，到达了我的骨头中，让我真切地感到彻骨的冰冷。

然后，我感到有什么东西在拽我。

我转过身来，发疯似的四下张望，但还是只有我一个人。虽然那种触碰既明显又真实，但那不是物理上的拖曳。

是爱莎姨妈在找我吗？

我闭上眼睛以便集中自己的荒野感知。我能看见自己的眼皮，皮肤下面的毛细血管网像一道道红光，比荒凉的荒野世界更温暖也更强大。有一种东西，一种能触碰到我的东西，一种能给我指明方向的东西，那是一根细细的红线，它穿过迷宫般的雾。

我顺着这条线走，闭着眼睛在雾中穿梭，红色光芒越来越亮。我听到一个声音，在我听来既温暖又充满爱意，一个吟唱着的声音。

"血自北来，祖先之血，彼已忘却，然为之谁……"

一滴血落了下来，暗红色的带着黏性，然后随着重力的作用，血滴变得更薄、更亮。

"血自南来，敌人之血，伪装为友，然非吾友……"

又一滴血在空中飘过，这次我能看到它落在什么地方了。它击中了一块岩石和一些潮湿的沙子，落在一个我很熟悉的图案的边缘。

"血自东来，异国之血，假作智者，然实无知……"

为什么我突然想起弗雷德里克？他与这些毫无关系，他所做的只是坐在轮椅上，憎恨着这个世界。然而，他那张粗暴的脸却在我脑海里挥之不去。

"血自西来，家园之血，守土于此，软弱如斯……"

谁守土于此？

我感到脚下有什么东西，不是雾，也不是荒野之路。是岩石地面——我在韦斯特马克的山洞里。

我睁开眼睛。

雷声低沉而遥远，刺眼的白色闪电划破了洞口的黑暗，照亮了洞穴中央阿里西亚丰满的身影，她就站在地面上转轮图案的中心。她拉起衬裙，把它系在腰下。她看起来好像穿着一条厚厚的、由深色破布制成的灯笼裤。直到下一道闪电照亮这里，我才意识到那"布料"是活的。从脚踝到腹股沟，她的腿上全是水蛭——肥水蛭、瘦水蛭、黑色水蛭、棕色水蛭、光滑的条纹水蛭、深色的哑光水蛭……它们密密麻麻地聚集在一起，我根本看不见一丝她的皮肤。

她非常温柔地弯下腰，捡起一只水蛭。

"来吧，亲爱的，"她低声说，"现在轮到你了。"

它顺从地松开了吸盘，阿里西亚对它吟唱着，轻轻地抚摸着它肿胀的节环。

"中心之血，"她低声念着，"在世界的中心，在转轮

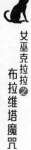

的中心。翠碧禁锢了他人，反过来也禁锢了她自己。翠碧的血液将打开她自己曾经封锁的囚牢。布拉维塔，你听到了吗？是阿里西亚在呼唤你！给我你的力量，让我复仇！"

在我前额的某处，发出一声血色的怒吼。我的手臂，被水蛭叮咬过的手臂，刺痛得厉害，那里很热，几乎要冒出火焰。阿里西亚继续说着，抚摸着水蛭，鲜血开始从水蛭的嘴里滴下来……

一滴落下来，又一滴，然后是第三滴和第四滴。

"停下！"我喊着，摇摇晃晃地朝她走了几步，"阿里西亚，你在干什么？"

她向我转过身来，脸上一点儿也不惊讶。她好像一直在等我。

"命运轮回，"她板着脸说，"现在终于轮到你妈妈了，很快她也将要知道失去女儿的滋味了。"第五滴血落了下来。

我看到它在空中盘旋，仿佛在对抗重力，拒绝坠落。但它还是落了下来，下降，下降。它落到了石头地面上，就在转轮的中心。

"是……的……"

我听到了尖叫声，尽管它是无声的——我知道是谁发出的。我知道布拉维塔就在我脚下，她像琥珀中的昆虫一样被困住了。我也知道接下来会发生什么，就像我梦中的景象一样。

我脚下凝结的岩石裂开了，裂缝蔓延到地表。在一阵狂轰滥炸般的怒吼声中，布拉维塔挺直了那蜷曲了四百年之久的身子，把囚牢打得粉碎。岩石再次沸腾熔化，爆炸了，爆炸了，炽热的熔岩滴在洞穴的内壁上发出嗞嗞声。

一滴熔岩溅在我的肩膀上，直直地穿透了我的外套和 T 恤，我的皮肤被灼伤了，我能闻到自己被烧焦的血肉的气味。

有什么东西从地下冲了出来。那不可能是人的身体，因为上面的肉和血在燃烧。那不可能是人的身体，但看起来像一个人，在黑暗中容光焕发——当一道闪电击中她时，她变成黑白色，然后又是红色。热浪向我滚滚扑来，仿佛有人一下子打开了一百个烤箱的门。她的眼睛起初是黑色的，然后变成红色，接着又变成黑色。她的头发不是普通的头发，而是燃烧的火焰，随后消失了，留下光秃秃的头皮。她甚至没有注意到高温让阿里西亚的裙子着火了，她没有听到阿里西亚的尖叫。

她的眼睛只看向我。

"翠碧……"她的嘴唇间发出嗞嗞的声音。这不是血肉之躯，虽然看上去很像，"我一直在搜寻你的血。现在，拿到了。"

我想抗议。我想告诉她，我不是翠碧，只是一个十三岁的女孩儿，只是体内恰好有几滴翠碧的血。但我知道她不会理会。我知道，如果不尽快采取行动，我就会在火焰中死去。

在此之前，我曾站在心之烈火中，没有被烧死，幸存下来。现在，我肿胀的眼睑闭不上了，也许睁眼继续看下去更好。但我更多的是向内心"看"而不是向外看，我从自己荒野女巫的头脑中找回了对火焰鸟笑声的记忆。

"帮帮我，"我低声说，更多的是对内心说，"我是克拉拉，我在呼唤你。"

一股热浪包围了我，暂时击退了毁灭性的、吞噬一切的火焰，就连我的肩膀也不疼了。

"你是谁？"这团新的烈火以友好的口吻问。

"我是克拉拉。我是一个荒野女巫，我只说真话——或者保持沉默。我从不不劳而获。"

火焰鸟笑了。它的笑声就像细小的火焰羽毛形成的一股旋风，在山洞里蔓延开来。在它落下的地方，饥饿者的火焰熄灭了，沸腾的石块开始冷却，地面开始凝固。

布拉维塔也僵住了，但只愣了片刻，她的目光便从我身上移开，转而投向在洞穴中盘旋的火焰鸟，那是一团烈火般的羽毛。我目不转睛地盯着火焰鸟，它是那么温柔，那么强壮，野性而友好，真实又神奇。它确实是一个动物，一只鸟，是的，但远不止于此。

我只顾着看它飞行，没看到发生了什么。某种黑暗而沉重的东西从空中掠过，猛击这只鸟的身体，随着一声突如其来的清脆而微弱的咔嗒声，火焰鸟脆弱的肋骨被打碎了。

火焰鸟的火光闪烁不定，它开始坠落。我伸出手去接它，当它轻巧而温暖地落在我掌心时它已经死了。我们周围的火焰羽毛一片接一片地熄灭了，就像燃烧后的余烬。布拉维塔则变得越来越大，她先扭动一只脚，然后又扭动另一只脚，让自己摆脱了岩石的束缚。

　　她不过是向火焰鸟扔了一块石头，不是诅咒，也不是用暴力或者魔法—— 一块简单的石头就杀死了我的火焰鸟，它所有温和的野性像烛火一样被扑灭了。

　　我挣扎着去理解。

　　我努力去理解为什么它会这么容易死去，但我发现更难以理解的是，为什么有人想要杀死它，为什么有人会向如此美丽的东西扔石头，而且扔得又狠又准，毫不留情。

　　布拉维塔向我迈了一步，我知道她想要什么。她就是那个饥饿者，她就是那个灵魂，她需要其他人的生命才能生存。她夺去了火焰鸟的生命，现在她要夺去我的生命—— 一个愚蠢的十三岁女孩儿的困惑的生命。

　　我不知道有什么办法可以阻止她。

第十五章 中心之血

153

WILD WITCH

Chapter 16

第十六章

阿迪维特

"住手……"

那些话不是我说的，也不是阿里西亚——她正跪在离我不远处的地上，一边哭着，一边试图用从洞里流过的溪水来灭火。那么是谁呢？

布拉维塔突然停了下来，仿佛一匹被勒住缰绳的马。她循着声音，看到了我所看到的——

一只巨大的黑猫，眼睛很黄。

"夜爪……"她咆哮着。

那只猫沉默不语，它的声音我只能在脑海里听到。它的身边有个人，是个女人……我想我大概能看见……她几乎是透明的，看不清楚，但在那里若隐若现。她就是布拉维塔正在看着的那个人。

"翠碧……"她说，那个女人的身形似乎变得更加清晰了，"这四百年来你一直藏在哪里？"

"停下。你和我都不属于这里，难道你不明白吗？没有了我们之后，世界已经继续前进。当一个东西死了，那它就应该保持死亡的状态。"

布拉维塔似乎并没有听到她的话。

"是这只猫，不是吗？"她说，"它就是你。你像鬼一样住在它的身体里面，你是它的第十次生命，难怪它必须不断生长。"

那只猫懒洋洋地坐下来，开始舔前爪。它什么都没说，什么都没做。夜爪，我记得那是翠碧的荒野伙伴的名字。这真的能解释神秘的小狸吗？这就是为什么它是现在这个样子，为什么它能做它所做的事情？小狸是曾经的夜爪吗？

"是时候放手了，"翠碧说，"为了我们俩。如果这能让你感到安慰，我会和你同归黄土。"

"我不想进任何黄土！"布拉维塔说，她的眼睛里冒着烟。她周身赤裸，全身光滑，仿佛她的身体是由岩石组成的，也许确实如此。毫无疑问，没有其他任何东西能在那样的高温下存活下来。

"但我一定会帮她入土。"在我内心深处，有什么东西在悄悄对我说，那是布拉维塔听不到的。我不确定是翠碧的声音还是夜爪的声音，也许是他俩的声音。

"还记得那把剑吗？记得你的剑砍断了奇美拉的翅膀吗？"

我永远都不会忘记这个。其实根本没有剑，至少没有看得见的剑。有的只是一些非常尖锐的寒冷和痛苦，从我身体中冲出，刺向奇美拉，砍掉了奇美拉的翅膀，释放了那些被窃取来铸成那双翅膀的鸟儿的生命。

"那把剑就是你，克拉拉。"

不。我差点儿摇头，但还是及时制止了自己。现在布拉维塔的注意力都集中在夜爪和翠碧半透明的身体上，

第十六章　阿迪维特

157

她并没有注意到我。我非常希望这种情况能继续下去。

"我知道你不相信我，但这是事实。我给了你知识，却不能给你力量。力量需要生命，我已经没有生命了。找到那把剑，从你的内心找到它。然后，使用它。否则布拉维塔就会闯入外面的世界，拿走她想要的任何东西。"

洞穴的地表又重新泛起红晕。眯起肿痛的眼皮，我看到转轮上的纹理正被细细的、红色的、血丝般的线条勾描出来。北、南、东、西，祖先之血、敌人之血、异国之血、家园之血，我正站在一张血液魔法的网中。夜爪站起来，向布拉维塔走去。翠碧像一个发光的影子一样跟在它身边。

布拉维塔犹豫着，好像她不知道该怎么应对这个已经死去的女人和这只猫。

然后夜爪跳起来，在空中越长越大，越来越大，有一只黑豹那么大，又长到一头狮子那么大，还在继续长大。在坚硬的喉咙被夜爪抓住之前，布拉维塔举起了双手，接下来，她所有的精力都集中在它身上。

"现在，"我脑海里的声音在低语，"立刻动手！"

要是我能找回那一刻就好了。

要是我能再试一次就好了。

为什么生活就不能这样？为什么我们无法修复任何东西？为什么它还在继续呢？没有过失可以弥补，没有错误能够纠正。

我本应该像对待奇美拉那样对待她——用那把内在

的剑，用我内心的那种锋利、冷酷的力量，冲向她。我那时就应该做这件事。

我犹豫了太久。

我不相信这个。

直到夜爪尖叫起来，在熊熊烈火中飞溅出鲜血和骨头，我才振作起来。直到那时，我才动手。

"放开不属于你的东西！"

我大声尖叫。我击中了布拉维塔坚硬如岩石的胸膛，一次，两次，第三次时我的手径直穿过了她，好像我真的握着一把剑，一把足以刺穿坚硬岩石的剑。

"放手！"我尖叫起来，"放开，放开，放开！"

我想让她放开夜爪，我想让她放弃掠夺生命。

她不在那儿了。

她的身体，虽然看上去不可能是血肉之躯，却被打碎成千百片，仿佛不是用石头而是用玻璃做成的。血迹斑斑的碎片四处飞溅，击中了洞壁，轰响着落在地上……她饥饿的灵魂向我伸出手，我觉得好像有什么东西撞上了我，号叫着，试图接近我，抓挠、撕扯着我，想要强行进入我的身体、我的头脑和我的心。

"克拉拉！"

这是爱莎姨妈的声音，我听到了。但与此同时，我又没听到。我拼命反击，拼命地想让布拉维塔放开我，但我能感觉到她越钻越深，渗透到我身上的每一处伤口和划痕中，进入所有她发现的弱点和犹疑之处。我不能让她赢，不能让她通过我回到生者的世界中来。我把双手贴在胸前，仿佛想赤手空拳地把她从我身上扯下来，尽管我知道这是不可能的。

此时，我感觉到了一个特别的东西，一个圆圆的、光滑的、像我的身体一样温暖的东西——那是马尔金先生给我的礼物，漂亮的小转轮。

即使是成年的荒野女巫有时也需要帮助，眼前的危机不是我自己能处理得了的。一个词出现在我的嘴里，好像它一直在等着我将它喊出来——"阿迪维特！"

快来拯救我！

帮帮我，在她拿走比我的生命更重要的东西之前。

我要昏过去了，呼吸变得越来越困难。我想我摔倒了，但没有感觉到自己撞到地上。我呼唤救援，但不知道是否有人听到了。

WILD WITCH

Chapter 17

第十七章

岩　崩

"克拉拉，克拉拉，醒一醒。"

我回到家里，躺在自己的床上。妈妈想叫醒我，我也想去上学，但感觉不舒服。

"克拉拉！"

不，等等，这不是妈妈，这是奥斯卡，我也没有回到床上。

我的眼皮又厚又沉，我不用看就知道我的睫毛不见了。它们和我大部分的眉毛都被烧掉了。我浑身上下都在疼，疼得几乎无法忍受。我头痛，觉得哪里都不舒服。但我不饿。

我不饿了。

尽管很痛苦，但我的感觉还是非常棒。因为如果布拉维塔赢了，我现在肯定会觉得很饿，会吃掉任何靠近我的生物。

无论她现在在哪里，反正肯定不在我的心里。

我强迫自己睁开眼睛。

奥斯卡跪在我身边。他的脸在雀斑的衬托下惨白得要命。这一次，他看上去终于不觉得这一切都很酷了。

"你没死，是吧？"他问，"请告诉我你是不是僵尸？"

"不，"我用嘶哑的声音大喊着，"我还是我自己。我不想吃你的大脑，或者其他任何东西，要是你想知道的话。"

"哇，"他说，"既然这样，请你坐起来，让自己看起来更有生气一点儿好吗？"

我坐了起来。

我们还在山洞里。除了溪水柔和的细语之外，四周静悄悄的。光线从洞顶的裂缝里射出来，那不再是闪电，而是日光。

有五个人松散地躺在我周围——爱莎姨妈、马尔金先生、波莫雷恩斯夫人、米拉肯达大师和珊妮娅，他们谁也没有说话，谁也没有动。

"爱莎姨妈？"

她没有反应。奥斯卡抽了抽鼻子。

"他们一动不动，"他说，"我甚至看不到他们在呼吸，但他们的眼睛是睁开的。这可太诡异了……"

我挣扎着站起来。奥斯卡是对的。

他们一动不动地躺在那里，盯着天空，好像被施了魔法似的。

爱莎姨妈的表情被定格在一个激烈的鬼脸，珊妮娅的眼睛中满是焦虑，米拉肯达大师的黑眉毛紧紧皱着。从马尔金先生的背心口袋里传出一阵紧张的吱吱声，一个小鼻子和一对长长的胡须在口袋边缘微微颤抖，然后消失在口袋深处。波莫雷恩斯夫人现在看上去既不温柔也不善良，而是满脸怒气。他们中没有一个人肯动一动。

我抓住爱莎姨妈的肩膀，那感觉就像是抱着塑料娃

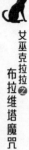

娃，又硬又冷。

"爱莎姨妈！"我使劲摇她。

"没用的，"奥斯卡闷闷地说，"我已经试过了。我大喊大叫，抓着他们摇了半天，他们就是不醒，或者说我叫不醒他们。"

"发生了什么事？"我几乎说不出话来。

奥斯卡揉了揉鼻子，又抽了抽，我想他刚才已经哭过而现在不想哭了，但是他的眼睛有点儿红。

"我真的想要抓住你的，"他说，"在荒野之路上……"

"我知道。这不是你的错，是我坚持不住了。"

"我想去找你，但爱莎说阻止阿里西亚更重要，说我们之后还会去找你的。"

我点了点头，"她是对的。"我盯着可怜的爱莎姨妈，她仍然躺着不动，盯着上方。她能听到我们的话吗？我不知道。如果她能感知到这里正在发生的一切，却无法移动怎么办？

"我们尽可能快地跟着阿里西亚从洞口进来，但接着我们听到了巨大的撞击声和噼啪声，好像什么东西在燃烧，空气变得很热，我们根本无法前进。当火或者别的什么熄灭的时候，我们所能看到的就只有你和阿里西亚。阿里西亚跪在小溪里，哭喊着，因为她浑身都烧着了。你站在那里，完全不顾一切，挥舞着手臂，扭动着身体。那太恐怖了，就像你被什么附身了一样。"

"我真的差点儿就被附身了，"我说，"布拉维塔试图附在我身上。"

"你在尖叫一个奇怪的词。"

"阿迪维特……"我低声说。

"突然间他们就都来了，我是说，爱莎和珊妮娅已经在这里，而另外三个人却从天而降。你姨妈抓住我，把我按在地上，咬牙切齿地说'待在这里！'，用那种声音……你知道的，就是如果你不按照她说的去做，她就会把你变成什么讨厌东西的那种声音……然后他们就围成一个圈，"他指着那些伏倒在地的人说，"接着用他们最高的声音开始唱歌。"

"他们唱了什么？你能辨别出什么字眼吗？"

"听不出来。我的意思是，这显然是一种荒野之歌。随后你发出一声尖叫，或者更确切地说，虽然声音是你发出的，但听起来不像你。然后你瘫倒在地，没再起来。下一刻，他们就变成了这个样子。或者说就在那时，他们好像在某种程度上连在了一起。我不知道该怎么办。"

我走进圆圈的中心，把手放在挂在脖子上的小转轮上，试探着说："你们现在可以停下来了，我还是我，她走了。"

什么也没有发生，他们一动不动，不回答也不呼吸。我在爱莎姨妈身旁蹲了下来，又摸了摸她的肩膀。我想我是否应该尝试吟唱一下荒野之歌。

"爱莎姨妈请回来……"

"我什么都试过了，"奥斯卡说，"我甚至打了珊妮娅

第十七章 岩崩

的脸。你知道的，就像在电影里看到的，当人们晕倒或歇斯底里的时候那样。然而她没有动，我的手都痛了。"

"那只猫怎么样？你见过它吗？"

"没有。"奥斯卡摇了摇头。

"或者……一个女人的鬼魂？"

奥斯卡睁大了眼睛。

"不，"他问，"这地方闹鬼吗？"

"我不知道，"我说，"也许吧，但现在已经没事了。阿里西亚怎么样了？"她现在肯定已经不在洞里了。

"她爬出来了，或者更准确地说，她试图爬出来。发生了一次岩崩，我想她被埋在下面了。"

"在哪里？"

"在溪边的过道那里。"

我第一次意识到洞穴里的地面比平时潮湿多了，水位在上升。

我朝着出口的方向摇摇晃晃地走了几步。奥斯卡说发生了岩崩，他没有开玩笑。洞顶大部分都塌了，水位上涨的原因是溪水不能再沿着原来的路线穿过洞穴，流入大海。

如果连水都出不去，那我们怎么办？

"奥斯卡，"我说，"这意味着我们被困在这里了吗？"

"恐怕是的，"他说，"除非你还知道别的能从这儿出去的路。"

"难道我们就不能走荒野之路吗？"奥斯卡问，"我还想着等你醒来之后找到办法呢。"

我摇了摇头，"对不起，我能力不够，我不知道怎么才能做到。"

"但你不是……"

"不，"我脱口而出，"我不是自己做到的。"小狸……夜爪，为什么我一想到它就觉得很绝望？我仿佛已经确信再也见不到它了。

我多次努力试图用荒野之歌唤醒爱莎姨妈和其他人，但没有丝毫的用处，也许是因为我做得不够好，或者，即使是最出色的荒野巫师也无法唤醒他们。关于僵尸，爱莎姨妈说过什么来着？可怜而困惑的灵魂深受毒药和巫术的影响，它们甚至都不知道自己是死是活。我不认为爱莎姨妈和其他人中毒了，但他们大概中了某种巫术，我很难判断他们是不是还活着。虽然我全力吟唱，但他们并没有恢复生机。

"我饿了，"奥斯卡说，"这是一种可怕的感觉。我想饿死一定很可怕……"

"别这么说，我们不会饿死的。"

"如果我们不离开这里，我们就会……"

有那么一段时间，我们坐在一起，都很沮丧。

突然，奥斯卡用手拍了拍额头。

"哎……"他说，"现在我知道你为什么不喜欢吃我的脑子了。"

"什么？你在说什么？"

"话说回来，谁说聪明的大脑就比愚蠢的大脑好吃呢？"

"奥斯卡，控制一下你自己！"

他笑得合不拢嘴。

"日光，"他说，"上面有个缺口，而且非常大，否则下面就不会有这么多光了。"

我抬起头。洞穴的顶部不像房子里的天花板，的确，上面有光，但看不出是从哪个洞口照进来的，最低的钟乳石的尖端都比我们高好几米。

"是的，有个洞口，"我承认，"但我不知道怎么上去。"

"怎么？"他说，"你忘了我是学校攀岩冠军吗？"

他摔下来两次。第一次不算太糟，他只上了两米，而且几乎是双脚着地，他落地后马上就站了起来。但是第二次……

"奥斯卡……"

他一动不动地仰面躺在地上，嘴巴张着，手臂无力地挥动着。

"……我……不能……"他呻吟着。

他无法呼吸了。我在他身边坐下，稍微抬起他的肩膀和头。我深深地吸了一口气，尽最大的努力去吟唱一些类似荒野之歌的调子。我也许不能像爱莎姨妈、珊妮娅和其他人做得那么好，马上让他恢复到活蹦乱跳，但起码要让他是个活生生的男孩儿。或者说，是一个看起来不像僵尸的男孩儿。就像爱莎姨妈经常说的那样，旋律并不重要，那只是利用自己力量的一种方式，就像放大镜聚焦光线一样。我吟唱了一些并不连贯的调子，真心希望奥斯卡能好起来。

我不确定这是否奏效，但他突然深吸一口气，开始咳嗽，喘息。

"我……喘不过气来了……"他咕哝着，"现在好多了……"

我帮他坐起来。他满头大汗，眼睛下面开始浮现出黑眼圈。这一次，他看上去终于不想将这次冒险当作一场盛大的聚会了。

"别再这样做了，"我说，"太危险了。"

"你有更好的主意吗？"他问。

我环顾四周。现在，洞穴的大部分地面都在水下了，水位还在上升。如果留在这里，我们可能还没饿死就被淹死了。还有爱莎姨妈、波莫雷恩斯夫人、珊妮娅、米拉肯达大师和马尔金先生……他们也会被淹死吧？就算是僵尸也需要氧气。我们可以试着让他们靠在岩壁上，但是如果水位上升到更高的地方呢？我抬头看了看钟乳石洞顶和那一小缕阳光，那是我们唯一的出路。

"没有，"我平静地说，"我没有更好的主意。"

奥斯卡站了起来。

"快走，土包子。"他用独裁者的声音说，"让宇宙的主人展示爬墙的能力。"我敢肯定他全身都是瘀伤，我看到他右手上的刮痕还在流血。我也很肯定，他其实根本不想接着爬，再去冒掉下来的危险。他坚持这么做不是为了炫耀，而是因为，这是能拯救我们所有人的唯一方法。

"奥斯卡？"

"怎么，土包子？"

"我觉得你太酷了。要是胆敢再掉下来，我饶不了你！听见了吗？"

他咧嘴一笑，顶着满脸雀斑，脚后跟咔嗒一声磕在一起，像锡兵一样向我敬礼。

"遵命，女士。"他说，"现在给我让开，这次我要一鼓作气，你等着瞧吧！"

他轻轻一跳就蹿到了第一个平台上，毫不犹豫地迅速往前爬，到了一个他可以将身体大部分钻进去的地方。然后，他到达了上一次摔下来的地方。这次他吸取了教训——他把手伸进一个裂缝里，把脚踩稳，膝盖抵在一块狭窄的岩架上，他紧紧地抓住钟乳石，转身，右脚向上……

他快登顶了。他消失在一块凸起岩石的后面，我再也看不清他的一举一动，只能听到他吃力的喘气声，还有

他的脚、手、肘部和膝盖在悬崖壁上摩擦的声音。我屏住了呼吸，生怕他会滑倒，还好他没有。

"我是宇宙的主宰！"我听到上面的声音——有点儿上气不接下气，也许不是他所希望的狮子吼，但他成功了。

如果以为从那以后一切都很顺利，那就错了。即使在一台拖拉机和几根奥斯卡在韦斯特马克花园大棚里找到的绳子的帮助下，要把僵硬又无法配合的几个人从狭窄的洞口吊上去仍然是个挑战。我发现自己可以移动他们的胳膊和腿，弯曲他们的膝盖，伸展他们的肘部，扶着他们站起来被拉上去，这场景让他们更像玩偶了。水还在涨，快要没过我的膝盖了。把爱莎姨妈他们五个人都拉上去后，轮到我把腿跨进绳子套中，然后被拉了上去。

"利用拖拉机真是个好主意。"当我终于回到草地上时，我对奥斯卡说。

"嗯，和我们相比，他们很重。"奥斯卡说，"我们没法儿靠自己把他们拉上来。"

爱莎姨妈躺在草地上，睁着眼睛，凝视着天空。我想合上它们，但没有这么做，因为感觉那像是对一个死人做的事。波莫雷恩斯夫人躺在她旁边，一只胳膊指向空中。马尔金先生……

"等一下，"我说，"那是什么？"

马尔金先生并不像其他人那样一动不动，他身上有什么东西在动，大概在他心脏的位置。突然，他背心口袋

艾巫克拉拉 7

布拉维塔魔咒

里露出了一个小鼻子，一双闪亮的黑眼睛凝视着太阳——是那只小睡鼠，我完全忘了它在这里。

"哇，真想不到它竟然能挺过这一切。"奥斯卡说，"这是什么超级老鼠，嗯？"

"实际上它不是老鼠。"我说。

"好吧，那它是叫睡鼠吗？"

"是的。它会长得比老鼠大得多，尾巴浓密，就像松鼠的尾巴。"

"我仍然认为它是一只超级老鼠，"奥斯卡平静地说，把手伸向睡鼠，"它戴着面具呢，你看不见吗？我打赌它有一个秘密的身份。"

关于"面具"，他是对的。不同于爱莎姨妈养的经常在篮子或鞋盒里冬眠的普通睡鼠，这只睡鼠的脸颊上就像绑了一条黑带，从眼睛边上向周围展开。

"我们必须把它带走，"我说，"马尔金先生现在不能照顾它。"

奥斯卡低头看着躺在地上的五个人，"你真的没有办法让他们苏醒吗？"

"如果有的话，你认为我会不做吗？"我的声音严厉而愤怒，奥斯卡后退了一步。

"放松，"他说，"我不是想找你麻烦。"

"你没有，我知道。"我努力让自己冷静下来，但我内心的一切都在旋转。我的头就像在水泥搅拌机里晃悠，我的胃也好受不到哪儿去，我的情绪整个都是一团糟。我们终于都逃了出来，所有人一起，这多少让我松了一口气。但我还是很无助，因为我没能做到更好。我担心爱莎姨妈和她的朋友们全都这么瞪着眼睛、僵硬着身体死在这里，内疚、悲伤、痛苦简直要压倒我。我想要爱莎姨妈醒来帮助我们，我想让小狸回来，我希望一切都能好起来。

"这是我的错，"我低声说，"我召唤了他们。他们是来帮助我的，然而他们现在就躺在这里。"

"崖柏怎么样？"奥斯卡说，"乌鸦之母呢？你认为乌鸦之母会知道怎样叫醒他们吗？"

"我们得问问他们，"我说，"可是我一个人找不到去乌鸦壶的路，我甚至找不到回家的路。"那种在水泥搅拌机里一样的感觉更严重了。

奥斯卡闷闷不乐地看着我。

"我妈妈一定快要发疯了。"他说。

不知道为什么，但听到这个我感觉好多了。也许是因为这提醒了我，平凡的世界依然存在。奥斯卡的妈妈就在某个地方，还有我的妈妈和爸爸。

问题是如何才能再找到他们。

然后我听到扑扇翅膀的声音，好像有一只又大又笨的鸟正试图从我们身边飞过。我抬起头，但什么也没看见。直到听到有人打喷嚏，我才转过身来。

"我真的很抱歉，抱歉。"什么也不是边说边抽鼻子，它对尘螨过敏的症状明显很严重，"我知道自己答应了要留在家里照顾汤普，但是我很孤独，很难不跟着什

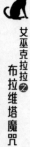

么人……"然后，它发现了爱莎姨妈和其他人，"噢，不，噢，天啊！他们怎么了？"

我没有回答。我抓住这个吸着鼻子的小鸟女孩儿，紧紧地抱住它，直到它开始扭动身体，因为我弄疼了它。

WILD WITCH

Chapter 19

第十九章

第九条命

"爱莎在哪里？"妈妈问我，"她抛下你们了吗？"

"妈妈，"我说，"你没在听我说话。她没有抛下我们，她救了我，现在我必须要救她。"

妈妈正站在爱莎姨妈家的客厅里，穿着爱莎姨妈的外套，雨水打湿了她的头发。爸爸还在医院里，医生们想让他在出院之前再做几项检查。

"是我把大家带回来的，"什么也不是骄傲地说，"我记得所有路线！"

"是的，"我说，"没有你，我们就迷路了。"

妈妈深吸了一口气，"你是在告诉我爱莎暂时不会回来了吗？"

"我一想出解救她的办法，她就会回来的。"我坚定地说。

我们根本不可能通过荒野之路把爱莎姨妈他们带回家，不得不把他们留在韦斯特马克。奥斯卡和我用旧日光躺椅做了一个担架，我们设法把爱莎姨妈和其他人抬进了房子里面。我们把床拖到楼下的大厅里，因为这比把几个这么重的成年人搬上那么高的楼梯要容易得多。我不知道这是否对他们有帮助，不确定他们是否能意识到其中的区别。但当看到他们几乎像正常人一样躺在床上时，我感觉好多了，就好像他们只是病了，而不是……然而，离开他们让我觉得完全错了，而且当妈妈谈到爱莎姨妈，似乎要把一切归咎于爱莎姨妈的"不负责任"时，我有些怒不可遏了。因为事实上，是她和其他人为了救我和奥斯卡，几乎献出了生命。

我试着向妈妈解释，但好像她根本不想知道发生了什么。

"我想他们会醒过来的。"她说，仿佛他们只是在午睡。我的脑子和胃又像被扔进了水泥搅拌机，因为我不确定他们是否会醒过来——除非我能够帮助他们，或者找到一个可以帮助他们的人。

"真是一团糟。"妈妈听起来很生气。

"妈妈，她并不想这样的！"

"对，我想她不是。但是那些动物呢？星辰、山羊和汤普怎么办？"

"我会照顾它们的，我和什么也不是一起。"

妈妈看着我，好像我突然变成了一个她从没见过的怪物。

"克拉拉，"她说，"我正在这里试着保持耐心，真的。但这太疯狂了。你才十二岁。"

"我十三了！"

"十三岁。如果你认为自己可以在这里一直住到爱莎回来，你一定是疯了。"

"如果我不能一个人住在这里，那么你就也待在这里，或爸爸来这里也行。但爱莎姨妈是你姐姐，她难道无关紧要吗？"

奥斯卡的目光在我们两个人之间扫来扫去。我想他很欣慰自己的妈妈不在这里，他只需要回家就行了。不仅如此，他还解释了关于衬衣口袋里那个活生生的小东西的事。令我大吃一惊的是，是奥斯卡把睡鼠从马尔金先生的口袋里引出来的。也许它喜欢成为一只有秘密身份的超级老鼠——不管怎么说，它已经心甘情愿地冲进了奥斯卡的衬衣口袋，在那里安顿了下来。

"学校怎么办？"妈妈说，"你不能就这样离开，你想过吗？"

"我可以请个病假。"我说，"看，我被水蛭咬了，这是非常严重的，我要过完暑假才能回去。奥斯卡答应会给我打电话，告诉我家庭作业是什么，这样我就不会落在后面了。"

"克拉拉！"

"妈妈，你不明白吗？"我的声音越来越细，越来越尖，我不得不做几次深呼吸。如果我不像她说的那样，在生气的时候变得歇斯底里，她会更加重视我的话。"你不高兴，我很抱歉，"我尽可能平静地说，"但我不会和你一起回家，如果你逼我，我就会逃跑。这件事比上学更重要，比我更重要，比你更重要，因为它已经发生了。我可能只有十三岁，但如果我是一个荒野女巫，那就要像一个成年人一样了。你知道的。"

她的内心好像有什么东西破裂了。她环顾四周，似乎不太相信自己居然站在这里这样和我争论。她不耐烦地把湿漉漉的刘海儿拨到一边，然后突然伸出一只胳膊把我抱得紧紧的。

"我不想和你吵架，"她说，"回家。我们会想办法的。"

我依偎着她，但没有屈服。

"我也不想和你吵架，"我说，"求你了，就在这儿待一个星期。你在这里工作和在家里一样，不是吗？"

"一个星期，"她试探着说，"然后我们就回家？"

我考虑过了。什么也不是不能确定它能否找到通往乌鸦壶的荒野之路。如果我必须在没有它帮助的情况下去那里，需要多长时间？如果乌鸦之母帮不上爱莎姨妈他们的忙怎么办？

"我不能向你保证，"我说，"我不知道一个星期是否足够。"

什么也不是开始拍打着它的翅膀，很高兴我们不再吵架了。

"茶？"它说，"要我泡茶吗？"

"不用，谢谢！"妈妈说，"我要开车送奥斯卡回家，去医院接克拉拉的爸爸。我想最好带些衣服和书本来，还有我的笔记本电脑。"

我疼痛的身体终于稍微放松了一点儿。

"请给我来杯茶。"我对什么也不是说。

妈妈小心地碰了碰我烧焦的眉毛。

"我们送你去医院怎么样？"她说。

"不需要。"我说。"爱莎姨妈有一种药膏……"我陷入停顿，因为这句话让我想到，爱莎姨妈正像个塑料娃娃一样僵硬地躺在韦斯特马克的床上，仍然大睁着她的眼睛，"对烧伤很有好处。"

"一个星期，"妈妈说，"这就是我答应的一切！"

"是的。"

等妈妈和奥斯卡开着装好新风挡玻璃的越野车离开之后，我在客厅里站了一会儿，不知道该干什么。这种感觉挺奇怪的，爱莎姨妈不在，汤普似乎也不知所措，尽管它见到我很高兴。什么也不是时而骄傲得像孔雀一样，时而垂头丧气，我不得不一遍又一遍地赞美它的勇气和智慧。

中午的时候，图图从卧室开着的窗户悄悄地飞了进来。也许它很不安，因为它能感觉到爱莎姨妈的事情不对劲。"哦，图图。"我举起手臂，它真的落在了我的手臂上，用明亮的橙色眼睛看着我，发出一声嘀嗒的鸣叫，那应该是疑问的声音。

"我保证会带她回家。"我对它说。但此时此刻，我感到非常沮丧，因为我自己都不敢相信这句话。爱莎姨妈、珊妮娅、波莫雷恩斯夫人、马尔金先生，还有米拉肯达大师……

卡赫拉……卡赫拉对她爸爸的境况一无所知。她可能被困在家里——无论那是在哪里，她从来没有真正谈论过它，它很可能在某个温暖的地方——等待她的爸爸回家。

"什么也不是？"

"怎么？"

"爱莎姨妈曾经让图图送过消息给卡赫拉的爸爸吗？"

"是的。如果出了什么事或者下大雪什么的，它认得路。"

"很好。你知道在哪儿能找到笔和纸吗？"

我给卡赫拉写了一个简短的信息。我没有告诉她究竟发生了什么事，因为这件事没办法写在一张小到可以绑在图图腿上的纸条上，我只说她必须得来一趟。图图容忍了我用笨拙的手指把纸条系在它的腿上。

"卡赫拉，"我对图图说，同时努力在我的脑海中想象她的样子——黑眼睛、蜜色皮肤，戴着至少两顶五颜六色的帽子，"找到卡赫拉。"

图图对着我叽叽喳喳地叫，摇了摇头，它摇头快得像闪电一样。然后，它使劲地拍了几下翅膀，从窗户飞了出去。

"你认为它明白我的意思吗？"我问什么也不是。

"它为什么不明白？"什么也不是说，它的样子看上去很困惑。

我累坏了，根本站不直了。我喝了什么也不是泡的茶，然后躺在沙发上，用毯子盖住身体。我得睡一会儿，等卡赫拉出现——如果图图真的把信带给了她，而不是只是飞去捉了一两只水田鼠——然后我们得一起找去乌鸦壶的路。我不得不相信一定是这个结果。

"小狸？"我低声叫着，没有抱多大希望。它走了，它在充满烈火、鲜血和骨头的爆炸中消失了。我想这就是我让妈妈那么难过的原因了。站在我的立场，一旦回到水星街，我就不能随便走荒野之路了，因为小狸不会再在那里帮助我了。这就是我不得不留在这里的原因。

我竟然得到了回应，一阵突如其来的热浪包裹了我的腿。

"我在。"

我猛地睁开眼睛。它躺在毯子上，用黄色的眼睛看着我。它看起来又小又老。它的皮毛不再像以前那样乌黑，耳朵也不再那么挺立了，相反，它们向两边伸出，有点儿平。它的尾巴一动不动地垂着，连尾巴尖也没有动。如果不是因为小狸从来不喊累，我会以为它累了。

"小狸！我以为……"我以为它死了，我没有说出来。

"这是最后一次。"它说。

"你什么意思？什么最后一次？"

"我已经没有生命了。九条命必须非常节约地使用，才能跨越四百多年。"

它的声音听起来有点儿陌生，更像是翠碧的声音，而不是它自己的。

"所以，你是……夜爪？"我问，"但你说过，我是你的。"

愚蠢，非常愚蠢，躺在这里嫉妒一个已经死了四个世纪的荒野女巫。但嫉妒正是我的本性。"它必须爱我胜过爱她。"一个孩子似的小小声音在我心里低声说。与此同时，我知道小狸并不爱我。只有它愿意时，它才会和我在一起。现在它准备好继续前进了。要不是我在山洞里的犹豫让它失去了倒数第二条生命，它也许会留下来。它本来可以留下来的。或者，这已经是它的最后一条生命？

"我不再是你的了吗？"我问，声音都不稳了。

它用柔软的猫爪从我身上和毯子上蹭过来，舔了舔我的前额，爪子在那里留下的伤疤已经变成了苍白的、几乎看不见的纹路。

"你是你自己的。"它说。然后，它就像从未出现过一样，静静地消失了。它身体的温度和重量只不过是一场梦。

我哭了一会儿，但没有哭到忘情。我太累了，一切都很痛苦。我躺在沙发上，听着雨声，打着瞌睡，等待着。雨越来越密，越来越重，越来越吵，我的身体比以前更僵更酸了。

什么也不是焦虑不安地拍了几下翅膀，我无法安慰它。

现在我知道失去一个荒野伙伴是什么滋味了，现在我能体会到珊妮娅所经历的痛苦了。事实上，我还想到了之前吉米的经历，那些经历让她成了奇美拉。我受伤了，我觉得内心空荡荡的，根本无法填补其中的空虚。

我在沙发上待了几个小时。妈妈没有回来，卡赫拉也没来，但之后发生了一些事。

我猛地坐了起来，毯子滑到了地板上，我不得不靠在咖啡桌上，这样我才能站起来。

"怎么了？"什么也不是问。

"外面有东西，"我说，"在门口。"

"可我什么也没听见。"

汤普从篮子里站了起来，它果断地摇着尾巴，以"你好，朋友！"的模式兴奋地叫着。

我打开门，一只还未长成的小猫走了进来。它的皮毛黑黑的，爪子是白色的，浑身湿透，骨瘦如柴，但它绝不是只流浪猫。它抬起黄色的眼睛看着我，小声地喵喵叫着，这样我看到了它锋利的白色牙齿和粉红色的嘴巴。过了大约一分钟，它一个字也没说，只是用充满气愤的眼神看着我。

我打开一罐鲭鱼，把里面的东西倒在了一个碟子上。我刚把碟子放在地板上，小猫就扑向食物，不到一分钟就狼吞虎咽地吃完了。然后它回到客厅，跳到沙发上睡着了。

这不是小狸，它们不一样。小狸又大又壮又神奇，一直照顾着我。而眼前这只恰恰相反——我得照顾这只小猫，它能从我身上学到的东西和我能从它身上学到的一样多。就这样，我的心情完全不同了。

　　我知道，不管有没有卡赫拉，我都要找到乌鸦之母。我知道，我们一定能解救爱莎姨妈、珊妮娅和其他人，一切都会好的。我轻轻地抚摸着小猫瘦削的后背，它微微睁开了眼睛——那只不过是一小片黄色。

　　"你现在是我的了吗？"我问，"你是我的荒野伙伴吗？"

　　它又闭上了眼睛，但在我的内心深处有一个细小的喵喵声，那声音低低的，十分虚弱，难以理解。即使如此，我也知道它想告诉我什么。

　　"我的。"它低声说。